源氏物語あやとき草子(二)

国母の女房

遠藤遼

JN054577

双葉文庫

目次

主要人物相関図

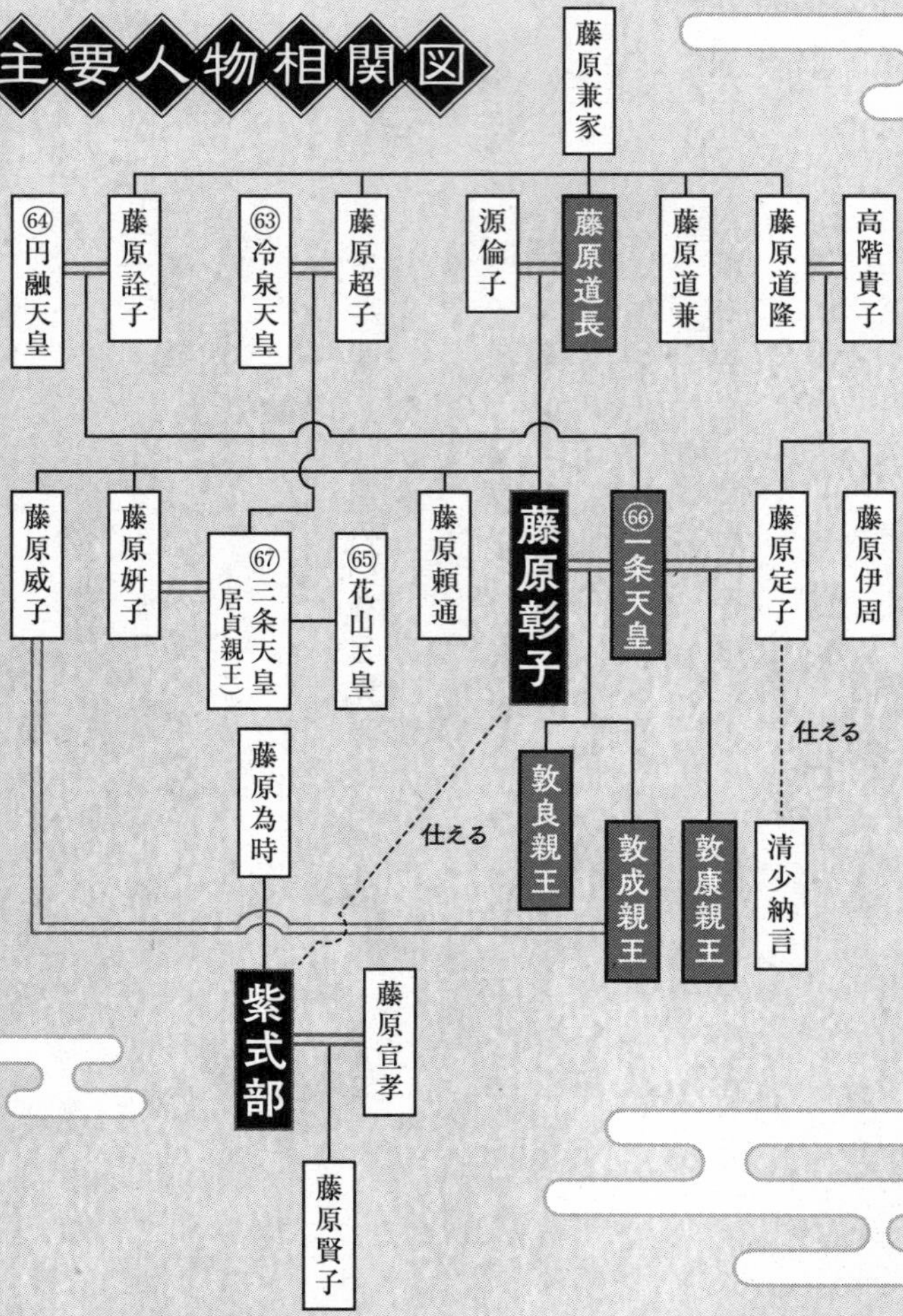

※番号は皇位継承順

源氏物語あやとき草子（二）

国母の女房

わりなき心地の慰めに、
猫を招き寄せてかき抱きたれば、
いと香ばしくて、
らうたげにうち鳴くも、
なつかしく思ひよそへらるるぞ、
好き好きしきや。

源氏に降嫁した女三の宮への行き場のない切ない気持ちの慰めに、
女三の宮の御簾を引き上げた猫を柏木が招き寄せて抱き上げれば、
とてもよい香りがするようで、
その猫がかわいらしく鳴くのも、
心惹かれる女三の宮に思いなぞらえるというのも、
好色めいた執心であることよ。

――『源氏物語』第三十四帖「若菜上」

第一章　一条院内裏の焼亡

一条院内裏《いちじょういんだいり》、燃ゆ。

北空の落雷が激しくなかなか眠れずにいた紫式部《むらさきしきぶ》だったが、その知らせに土御門《つちみかど》第《てい》の局で飛び起きた。

なんということ。

寛弘《かんこう》六年十月五日未明のことだった。

日中は敦成《あつひら》親王の御座所で酒宴や舟遊びが行われて、にぎやかで楽しげに夜を迎えた。その余韻にみながたゆたうような心持ちのところへ落雷があり、今度は一条院内裏の火事である。

「一条院内裏は──」

紫式部は衾《ふすま》を単衣《ひとえ》のようにかぶりながら、簀子《すのこ》へ出て西の空を見上げた。

赤い。

頬を切るように吹き付ける寒い冬風。濃紺の冬の夜。そこに不釣り合いにも不自然にも地上から赤い光が照らしていた。

一条院内裏には、一条天皇と敦康《あつやす》親王らがいるはずだった。

紫式部は目まいを覚えた。

それでも紫式部が倒れなかったのは、主である中宮《ちゅうぐう》・彰子《しょうし》のことがとっさに脳裏をよぎったからだった。

左大臣・藤原道長《ふじわらのみちなが》の娘である彰子は、第二子の懐妊に伴い、この土御門第に下がっている。紫式部は彰子付き女房のひとりだったから、彰子に同行して藤原道長の私邸である土御門第へ詰めていた。

一条院内裏では、しかるべき者たちが一条天皇たちを避難させているはずだ。土御門第は広大な敷地を誇るが、東西で言えば都の東端にあたる。ここから大内裏東にある一条院内裏まではおおよそ六〇〇丈（約一・八キロメートル）。女の紫式部が駆けつけるには道が暗く、遠い。ここまで話が聞こえるのなら、すでに大勢の男たちが出ているだろうから、自分が出ていっても邪魔しかできない。

しかし、この土御門第で紫式部にできることがある。

否、紫式部にしかできないかもしれない。

「紫式部」と同じ局で寝起きしている小少将《こしょうしょう》の君《きみ》が声をかけてきたが、紫式部は「中宮さまのところへ行ってきます」と宣言し、簀子を急いだ。

小少将の君もあとを追ってくる気配がする。

東の空に朝の気配はまだまったくない刻限だが、簀子は蜂の巣をつついたように騒がしい。

土御門第からも何人も応援を出すようだった。

あたりまえだ。

土御門第の主である藤原道長は左大臣の要職にある。左大臣とは事実上、朝廷の政《まつりごと》の頂点にある職。そのうえ、道長の娘は一条天皇の后である中宮・彰子だ。公的にも私的にも、あらゆる支援をすべき立場にある。

この時代、瓦葺きの屋根はまだまだ少ない。檜皮葺《ひわだぶき》の屋根は容易に延焼する。風に乗って舞う火の粉のひとつひとつが、次なる火災につながり、人命を奪うのである。

火の広がりを少しでも食い止めなければいけなかった。

紫式部が中宮の御座所へ大急ぎで向かっているときだ。

「おお、紫式部」

と、左大臣・藤原道長が中宮の御座所から出てきた。

「左大臣さま。中宮さまは」

「なかにおられる。敦成親王もご一緒だ」

すでに道長の息子である権中納言《ごんのちゅうなごん》・藤原頼通《よりみち》を送り出しているという。

紫式部はすぐさま反応する。

「中宮さまには私がついています。左大臣さまは一刻も早く一条院内裏へ」

中宮たる彰子の周りには女房たちが大勢ついている。特に上臈《じょうろう》女房と呼ばれる、彰子と血のつながりがあったり、高貴な血筋を引いていたりする女房たちは、彼女のそばにいることそれ自体がひとつの務めだった。夜になれば紫式部とわけ合っている局に戻る小少将の君もそのひとりである。

いまも何人もの上臈女房たちが中宮御座所にいるだろう。

女房の「身分」で言えば、紫式部は受領《ずりょう》の娘だから中臈《ちゅうろう》女房である。

しかし、『源氏物語《げんじものがたり》』作者という文字通り余人をもって代えがたい役目を担っていること、さらには彰子に毎夜毎夜、漢籍を教授する役目を命じられていることから、上臈女房並みに彰子に近い。

そのうえ、彰子と紫式部のふたりだけが決定している将来のあるべき姿からも、紫式部はいま彰子の近くにいなければいけないし、それと同じ程度の強さで道長を警戒しなければならなかった。

「そうか。どうも上臈どもは気位ばかり高くて、こういうときになよなよとしていて困っていたが、おぬしなら頼める」

本音を言えば人前に一切出ないで物語だけを編んでいたい紫式部なのだが、非常のときである。ゆえに道長がふと口を滑らせた。

「最悪、神器だけは護らねば」

いまさらながらに人が多い簀子の様子に、紫式部は衵扇《あこめおうぎ》を広げて顔を隠した。

「左大臣さまがいれば主上《しゅじょう》も何かと心強いでしょう。さ、お早く」

「わかっている」

簀子を急ぐ道長に振り返りもせずに、紫式部は中宮御座所へ行く。

物語書きというのはそもそもが仏教の不妄語戒《ふもうごかい》（嘘をつくなかれ）を破っているのだが、このようなところでも自分は嘘がうまくなってしまったかもしれない……。

「中宮さま。紫式部です」

と一礼して御座所に入った。女房たちの薫香《くんこう》がどっと押し寄せる。暗い間だったが、灯りがともされていた。

だがその灯りは、闇風に揺れている。

子の泣く声がした。敦成親王か。乳母の女房のあやす声がした。

小少将の君も御座所に入る。

「紫式部」

清げで慎み深く、ゆったりと人をくつろがせる女性の声――最近はそこに堂々とした自信めいたものも芽生えてきた――が、紫式部を出迎えた。

中宮・彰子だった。

「一条院内裏が」

と紫式部が言うと、彰子はその言葉を遮るようにして、

「聞いています。おそらく主上はすでに内裏から出ていらっしゃると思います」

その声は半ば自分に言い聞かせるようであった。

彰子のそばの灯りが揺らめき、彼女の若い顔に陰影をつける。彰子の苦悩がにじみ出ているようだった。

はい、と紫式部は返答する。決して彰子を慰めるためだけではない。もし、一条天皇の身に万一があったら、騒ぎはもっとはなはだしいものになっているだろうという紫式部の冷静な判断だ。

この非常のときに、変に冷静な自分が少し嫌だった。

しかし、そうでなければならないと叱責するもうひとりの自分がいる。

いま彰子は、二度目の懐妊の身体だ。

中宮が護るべき一条天皇の身の危険と火事、さらには夜の闇。

これだけの心配事が一気に降りかかっている彰子の気持ちを安んじなければいけない。出産まで、おそらくあと一月前後。お腹のなかの子のためにも、彰子自身のためにも、大事な時期だった。

「おそらく、敦康親王さま方も同じく内裏から下がられていると思います」

敦康親王は一条天皇の第一皇子であるが、彰子がお腹を痛めて産んだ子ではない。

いまは亡き皇后・藤原定子《ていし》の子である。

定子没後、一条天皇から彰子が母代わりとなるようにと言われ、実際に彰子が育ててきた。文字通り、自らが産んだ子と同じように慈しみ、将来を願い、育ててきたのである。

第一皇子である敦康親王を、次の東宮《とうぐう》に。

それが「母」としての彰子の宿願であり、彰子に仕える女房としての紫式部の悲願だった。

一条院内裏には、敦康親王と同じく定子が産んだ脩子《しゅうし》内親王もいるはずだった。

紫式部が敦康親王らの安全に言及すると、彰子がこちらに小さくうなずき返した。

「ええ。私もそう考えています。――だから、他の女房たちを安心させてあげてください」

灯りが彰子の微笑みを照らす。

落ち着いていらっしゃるように振る舞っている――。

だが、闇のなかで寒くないように衣裳をかき合わせている姿は、とても小さく見えた。

紫式部の目に、涙がこみ上げてくる。

ああ、この人はこんなにも若いのに。

他の姫なら、「心配ないから」と誰かに抱きしめてほしいと願えるのに。

天皇の后、それも中宮といういと高き人であるがゆえに、触れることも畏れ多い方であるがゆえに、誰も彰子を抱きしめられない。

それどころか、自らの気持ちよりも、他の女房たちの動揺を防ぐことを優先しなければいけないとは。

彰子自身はそのような振る舞いをごく自然に、中宮たる者の当然の行為と見なしている。

紫式部は自分がとても小さく思えた。局に籠もり、筆を動かし、『源氏物語』を綴る自分は饒舌《じょうぜつ》だ。しかし、いまここで他の女房たちを落ち着かせるようなひと声を、出せる自信がない。一条院内裏が火事だと聞いて大急ぎで中宮のもとへ参じられたのは、彰子への日頃の気持ちのなしたわざ。正直なところ、他の女房たちのことなど考えてもいなかった。

風がまた吹いた。

冷たい北風のなかに、火災による異臭が混じっている心持ちがする。

風が灯りを揺らした。

揺れた灯りが、彰子の小さな白い手元を見せた。小さな両手の指が、脇息《きょうそく》を強く摑み、食い込んでいる。

紫式部は震えた。

中宮さまはこんなにもご不安でいらっしゃるのに。

彰子は「他の女房たちを安心させてあげてください」と、他ならぬ自分に頼んだのだ。

彰子以上に自分を知ってくれている人はいない。

ならば、その命に従うのが正しいことであり、彰子を安心させる方法のはずだ。

紫式部はみなを励ました。

「みなさま方。主上も皇子さま方も、もう一条院内裏から無事に出ているはず。さもなければ、もっと大事となっていましょうから」

上臈女房をはじめとする彰子付きの女房たちが一斉にこちらを見た。

「誰？」とささやき合う声が聞こえる。

責められているようで、紫式部は思わず彰子に振り返ってしまった。

彰子が微笑みながらうなずく。

その微笑みがどこか楽しげなのは、灯りの作った陰影のせいだろうか。

そばで小少将の君が目を白黒させている。

紫式部は咳払いをした。

「主上も皇子さま方もご無事のはず。私たちは万が一にもここまで火が来ないように気を張りながら、中宮さまをお護りしましょう」

中宮を護る。――御座所にいた女房たちの空気が変わった。

今度こそ、彰子が笑った。

「ふふ。ありがとう。紫式部」

「中宮さま――少し意地悪でした」

「何か？」

「いいえ」と口のなかで答えると、紫式部は静かに頭をたれた。

彰子のやさしい声と笑顔が御座所に現れたのだから、よしとしよう。

夜が白む頃には、かなり詳細な知らせが入ってきた。

一条天皇は織部司《おりべのつかさ》へ避難し、敦康親王らは同じ車に乗って南門へ出ていたという。

紫式部は心中、安堵した。「一条天皇らは無事」と言ったものの、それは推測の域を出なかった。その言葉通りで、ほんとうによかった……。

言葉通り——紫式部はふと気にかかった。

言葉には魂が宿る。

これを言霊《ことだま》という。

文字であっても、声であっても、言霊は生まれる。

ある人が、紫式部に言った言葉であり、紫式部の物語と発する言葉に贈った台詞《せりふ》である。その人物が賀茂光栄《かものみつよし》——当代最高の陰陽師《おんみょうじ》であるとなれば、重みがあった。

光栄が告げたことが今回の火事においても発揮されたのだとしたら、不幸中の幸いというものだろう……。

「御仏のご加護に感謝申し上げます……」と彰子は両手を合わせていた。

ただし、原因は不明のままだ。

頻繁に人が行き交い、見舞いのやりとりがなされている。

その後、一条天皇は道長所有の邸宅のひとつ、枇杷殿《びわどの》へ移ったという。

一条院内裏は大内裏北東に接した東西二町の広大な邸宅であり、一条天皇の生母で道長の姉である東三条院詮子《ひがしさんじょういんせんし》の所有だったが、一条天皇が長らく里内裏――内裏以外の天皇の御座所として使っていた。

今度は枇杷殿が、新しい里内裏になったのである。

場所は左京一条三坊十五町――後世で言うところの京都御所の中央西だった。

「枇杷殿は、この土御門第からは一条院内裏よりも近いですね」

紫式部が言うと、

「先ほど、主上からの使者が手紙とは別に、主上の言葉として同じようなことをおっしゃっていたとのことです」

と、彰子がかすかに目を伏せる。ほのかに頬が赤らんでいた。

だが焼失したものもあった。

運び出しきれなかった宝物が数多く失われている。

「此度の火災で、醍醐《だいご》天皇と村上《むらかみ》天皇の二代御記《ぎょき》が失われたとか」

すると、彰子はひどく悲しげにした。

「その二代御記は、主上がみずからの政の理想として、枕頭《ちんとう》の書としていたものでした」

醍醐天皇と村上天皇の治世は、その元号をとって「延喜《えんぎ》・天暦《てんりゃく》の治」と呼ばれていた。

賢政の時代であり、聖代として称えられている。

政の根本である法――律令《りつりょう》を正しく運用させ、国を導くことを主眼に置いていた。

地方への施策、儀式などの整備、国史編纂《へんさん》や銭貨改鋳《かいちゅう》などが行われ、有力貴族や寺社の力の進捗よりも民の保護を考えていたとされる。

だが、この「延喜・天暦の治」で欠かすことができない視点があった。

それは、どちらの治政においても天皇親政を行った点である。

藤原貴族がいなかったわけではない。政は複雑になり、巨大になっていったから、現実には藤原家の貴族たちが力を貸していた。

だが、この両治政では摂政《せっしょう》・関白《かんぱく》がいなかったのである。

あくまでも、天皇が名実ともに政の中心にいて、徳による賢政をとった時代だった。

ここまで考えて、紫式部は引っかかった。

一条天皇が、天皇親政をとった醍醐天皇と村上天皇の二代御記を理想としている。

このことがはたして道長の目にはどのように映っただろうか。

天皇の枕頭の書など、通常は外部に漏れない。

彰子はそのようなことを軽々しく口にしないし、いま紫式部に語ったのも紫式部への信頼あればこそだった。

天皇付きの女房女官はどうだろう。

みな、天皇への忠誠心は持っているだろうが、そこには濃淡があってもおかしくない。各人の思惑はそれぞれで、天皇への崇敬の念の篤い者もいれば、親に言われたからとか、賄《まいない》がいいからとかいう理由で出仕している者もいるだろう。天皇周りの消息を進んで収集しているような者もいるかもしれない。

それ以外にも、天皇の周りには人が多い。蔵人頭《くろうどのとう》を筆頭に、男の秘書団のようなものもあるのだ。

道長がその誰かから聞いていたとしたら……。

ずいぶん悲観的というか、疑念に満ちた見解だと自分でも思う。

しかし、昨夜の簀子で、道長がふと漏らした一言。臣下として口にしてよいとは自分には思えないあの一言を聞いてしまった紫式部には、そこまで考えが回ってしまう。

「…………」

冬の曇天の寒さによるのだけではない震えが、紫式部の唇を揺らした。ただでさえ口下手な紫式部がますます声を発しにくくなる……。

「そんなに寒い？」

「あ、いえ」と言うのも、咳払いが必要だった。

「もう少し近くへ。火桶がありますから」

「お、畏れ入ります……」

紫式部は身を小さくしてにじり寄る。

未明に声を張った恥ずかしさがまだ残っていた。他の女房たちの目が気になる。

「上臈女房たちも、火事のときの紫式部のひと声がとても心強かったと感謝していますよ」

「う……」

内心の動揺を見透かされたようで、紫式部はもっと言葉を失った。言霊？　言葉に魂が宿る？　いまの自分は魂が抜けかかっているではないか……。

「ほんとうに。中宮さまのおっしゃるとおりです」

小少将の君が少し離れたところで微笑んでいる。小柄でやさしい面立ちの、年下の上臈女房のおっとりした笑みは、紫式部の癒やしになってくれていた。

「そ、そうですか」

「ええ。ね、姉上」

小少将の君が姉の大納言の君を促せば、大納言の君も「ええ」と同意する。

「年末の盗賊騒ぎのときも、紫式部がいてくれてほんとうに助かりました」と大納言の君。

「そ、そう……？」

ちょっとうれしくなってきた。

「ごめんなさい。紫式部」と彰子がいきなり謝る。

「はい……？」

「これからあなたの機嫌を損ねるような話を尋ねなければいけないかもしれないけど」と言って、彰子はかすかに首をかしげた。「さっき、何を悩んでいたの？」

「悩み、というほどではありません。ただ少し気になったことがありまして」

「気になります」と彰子。

火事が一段落つくかつかないかのいま、彰子にいらぬ心労をかけないかという心配が、紫式部の心をよぎる。

いまは黙っているのと、話してしまうのと、どちらが彰子のためになるだろうか。

彰子はただひたすらに一条天皇を支えるために生きている。その一条天皇の理想は民草を幸せにする政にある。その理想をすばらしいと思い、かけがえのない方と信じるから、彰子は己のすべてを懸けて一条天皇を補佐していた。

そんな一条天皇が喜ぶことをひとつでも多くしてあげたいというのが彰子の願いであり、だからこそ敦康親王を東宮につけたいと考えているのだ。

ならばここで話を先送りにするよりは、早めに話してしまったほうがいいだろう。何よりも失われた二代御記は戻ってこないのだし。

紫式部は声を落とした。

「畏れながら――此度の火災で二代御記が失われたのが、はたしてたまたまだったかどうか、と」

彰子は微笑んだまま聞いている。

近くにいたので聞こえてしまったらしい小少将の君と大納言の君が、少し離れた。

他の女房たちが聞き耳を立てないための牽制である。

「続けなさい」

「根拠はありません。ただ、左大臣さまの狙いは摂政・関白となること」

左大臣は実務上の最高職務であったが、それは律令の範囲内でのことである。

律令はわが国では大化《たいか》の改新《かいしん》のあとの大宝律令《たいほうりつりょう》を初めとするが、それは唐《とう》の律令を真似たものだった。

当然、わが国の実情に沿わないところが出てくる。

それを補うために、律令に定めのない官職――令外官《りょうげのかん》を制定する必要が生まれた。

たとえば、天皇を補弼《ほひつ》する蔵人たちであり、摂政・関白である。

蔵人たちが天皇の秘書団であるのに対して、摂政・関白は具体的に天皇の補佐として政を行う。幼い天皇の補佐をする場合が「摂政」であり、成人した天皇の補佐をする場合は「関白」となる。

摂政・関白は実権として最高権力者と言えた。

自らの娘を天皇に入内《じゅだい》させて皇子を産ませ、その皇子を幼いうちに天皇に即位させ、自らが外戚として幼い天皇の後見人となる。このようにして天皇が幼いうちは摂政として、長じては関白として権力を振るうことを藤原貴族たちは一生の志としている。

彰子が脇息にもたれて上体をくつろがせる。臨月間近のお腹がやや苦しそうだった。

「しかし、主上が理想としている醍醐天皇と村上天皇は、天皇親政を旨としていた」

「中宮さまのおっしゃるとおりです。ゆえに、あえて火災から避難するときに運び遅れた振りをして焼失させた——というのは、物語書きの考えすぎでしょうか」

紫式部が最後の言葉を自信なさげにつけくわえると、彰子が声に出して笑った。

「ふふ。紫式部は相変わらず、いとをかし」

「お、畏れ入ります」

変な汗がにじむ。

冬の陽射しが思いのほか暑い。中宮御座所から見える庭の木々も赤や黄に色づき、はらりはらりと落葉していた。

彰子は紅葉を愛でるような表情のまま、

「あながち、うがちすぎとも言えないかもしれませんね」

と紫式部に同意した。

「このようなときにお耳に入れまして、まことに申し訳ございません」

「いいえ、大丈夫。私もちらりとは考えましたから」

との彰子の言葉に、紫式部はどきりとした。

「も、もちろん、主上を織部司へお連れしたのが左大臣さまではないと思いますので……」

「左大臣が直に置いていかせたわけではないにせよ、左大臣の常日頃の言動と野心を知っている者たちが忖度《そんたく》したかもしれませんね」

「……はい」

紫式部は軽く視線を庭に泳がせた。

紅葉の庭を、黄色い蝶が飛んでいる。いまの季節にも蝶は飛ぶのか……。

「主上は火事が起こるたびに大御心を痛めています。なぜ私の治世にはこんなにも火がついて回るのか、と」

「ああ……」紫式部は嘆息した。

これは一条天皇の治世だからとは言い切れない問題もあると考えていたからだ。

平安時代は火事が多く、また盗賊も多かった時代なのだ。

しかし、一条天皇は七歳で即位し、すでに在位二十三年。平安京においては醍醐天皇の在位三十三年余りに次ぐほどの御代となっている。これだけ長く在位していれば、火事や盗賊だけではなく、干ばつや疫病もあった。

けれども、それもすべて自らの不徳のゆえと自らを省み、戒めるのが、一条天皇というお方なのだろう。

彰子が続けた。

「私の入内のときも、そもそも長保《ちょうほう》元年六月の内裏の火災のせいで、一条院を里内裏としたものでした」

「一条院の東側、東北対でしたね」

「話に聞いていた内裏とは違いましたけど、祖母である東三条院さまがお使いになっていた場所だと思えば、父も気安げで少しは安心したものです」

とはいえ、これは一時のことである。

火災から再建された内裏に翌年の長保二年十月十一日に、一条天皇は還御《かんぎょ》していた。

ところが、である。

「入内して二年たった長保三年の冬。十一月にまたしても内裏に火の手があがりました」

「かなりひどい焼け方だったと……」

「せっかく還御されたばかりなのに、主上の御座所がまったく使えなくなってしまいました」

一条天皇はいったん職御曹司《しきのみぞうし》へ移り、彰子は敦康親王を連れて土御門第に戻るほどだった。

その後、一条天皇はまたしても一条院内裏へ入っている。

一条天皇にはなぜこんなにも火の気がつきまとうのかと、道長ら貴族たちが頭を悩めてしまった。

「それから二年たって、主上は内裏に還御されました」

「ひとりの主上の御代に二度も火事による遷御《せんぎょ》があればもう十分だと思うのですが、さらに寛弘二年、あなたが出仕する直前にも火災がありました」

「はい」

紫式部は寛弘二年の大晦日に出仕し始めることになった。普通に考えれば異常な日程だ。これには紫式部が人前に出るのを苦手とする性質が多分に影響していたのだが、内裏自体も大変なありさまだったのである。

彰子が話を続けようとしたところで女房のひとり、弁《べん》の宰相《さいしょう》が近づき、告げた。

「大納言さまがお見舞いにいらっしゃったとのことです」

藤原実資《さねすけ》のことである。

今年、権大納言から大納言となっている。

官職は、宮中の警固を司る左右近衛府《さうこのえふ》のうち、右近衛府《うこんえふ》の長である右近衛大将《うこんえのだいしょう》。火事の見舞いに来るべき位置にいた。

実資は道長と政治的に対立するところもあるが、最高の教養人のひとりにして、清廉潔白を好む人柄は賢人とも賞されるほどであり、天皇の忠臣だった。

もともと藤原家は実資の系統である小野宮《おののみや》流が主流なのだが、政治的権力を道長の系統である九条《くじょう》流に奪われて久しい。しかし、父祖伝来の広大な所領と膨大な日記が、実資に政治的権威を与えていた。

国の政治に律令と呼ばれる法が用いられているのは先に述べた。また、その法だけでは現実の諸問題に対応しきれないため、律令に定めのない令外官を定めたのも述べた。

同様に、律令の適用について、儀式の次第についてなど、運用としての法の解釈が求められる。

その解釈や運用、次第などの具体例を日記の形ですべて網羅し、知識として所有しているのが小野宮流の長である実資なのである。

すでに五十三歳で、この時代では老人と呼ばれてもおかしくない実資だが、その彼が「そのようなことは先例がない」と口にすれば、それはただの老人の反発などではなく、律令の歴史すべての重みを込めた一言となるのだった。

中宮・彰子へ参ずるため、参内と同じく束帯《そくたい》を身につけて実資がやってきた。

「一条院内裏の焼亡、心よりお見舞い申し上げます」

簀子で深く頭を下げる実資の見舞いを、紫式部は彰子とともに御簾《みす》越しに受けた。

急ぎの見舞いと言いつつ身につけるのも大変な束帯姿で来たところに実資の律儀さが感じられて、紫式部は好もしく思った。

これが道長だったら、直衣《のうし》姿で慌ただしくやってくるのだろう。

「主上はいかがですか」

「ごく平生と変わらぬようにあえてお過ごしになっておられると、蔵人頭からは聞いています」

「敦康は……？」

「同じく変わらぬようになさりながら、妹の内親王殿下を慰めておいでとのことです」

実資の言葉を聞いて、彰子が袖でそっと目元を押さえた。

紫式部ももらい泣きするように胸が詰まる。

一条内裏は全焼してしまった。

その炎の荒れ狂うさまを目の当たりにして、まだ一日も経っていないのに、さほどに気丈に振る舞う一条天皇。またその父を真似るかのようにしている敦康親王の健気さ。

本来なら、すぐにでも飛んでいって抱きしめてやりたいと彰子は思っているはずだ。

けれども懐妊の身体では、果たせぬことである。

ふと、敦成親王がかわいらしい泣き声をあげた。

その声に小さく微笑み、彰子は話題を変えた。

「紫式部と昔話をしていました」

「昔話ですか」と実資が顔をあげる。

「ちょうど、寛弘二年の火事のことを……」

と彰子が言うと、実資は視線を落として渋い顔をした。

「あのときも大変な火事でした」

寛弘二年十一月十五日。

その日は蝕《しょく》だった。

月が一夜のなかで欠けるだけでも大変な怪異だが、その日はことに月が一度すべて消えてしまうという恐るべきときだった。

一条天皇や敦康親王を蝕から護るために、内裏のあちらこちらに筵《むしろ》がかけられた。

子《ね》の刻ごろに蝕が終わると、みなが安堵したものである。

しかし、そのほんのかすかな気の緩みが、次の不運を招いてしまった。

内裏の中央東、温明殿《うんめいでん》と綾綺殿《りょうきでん》の付近から火が出たのである。

蝕の障りを避けるために用意していた大量の筵が、たちまちのうちに火を広げた。

「あのときは蝕を避けるため、私は飛香舎《ひぎょうしゃ》（藤壺《ふじつぼ》）にいて、主上もともにいらっしゃいました。火が出たという知らせに、主上と私は藤壺から歩いて出御《しゅつぎょ》したのです」

紫式部は目を見開いた。渦巻く火炎を背に、主上と中宮が徒歩で逃げていく様子を想像したのだった。

内裏を出て南西にある中和院《ちゅうかいん》に退避したが、火の勢いは増すばかり。職御曹司、太政官朝所《だいじょうかんあいたんどころ》へと避難を重ねたという。

「胸潰れる思いをなさったと推察申し上げます」と、紫式部がいまさらのように見舞いの言葉を口にした。

「ありがとう。そのときも主上はたいへん気丈で、おやさしく……。玉の緒が引きちぎれてしまうような、地獄のようなありさまに声も出せない私を、しきりに慰めてくださいました」

実資がため息をついた。

「主上や中宮さまに何事もなかったのは不幸中の幸いでしたが――」

実資がこちらを見た。

続きを言えというのか。

やめてほしいと紫式部は思ったが、「それ」を彰子に言わせるのはたしかに残酷だ。損な役回りだが、自分が言うしかないだろう――。

「神鏡《しんきょう》が損なわれましたね」

皇位継承に欠かすことができない三種の神器のひとつ、八咫鏡《やたのかがみ》である。

これまでも内裏はいくたびも火災に遭った。だが、三種の神器が被害に遭ったことはない。

ところが、今度ばかりは場所が悪かった。

神鏡は賢所《かしこどころ》に安置されていたという。「という」とは、三種の神器そのものは畏れ多くて誰も直に見たことがないからである。

神鏡は清らかな箱に収められ、人目に触れることはない。

今回の火は賢所の北、温明殿あたりが出所。

賢所は真っ先に火の手が襲いかかり、神鏡が損なわれたのだった。

彰子が静かに目元を押さえた。

「神鏡が損なわれたこと、主上はたいへん大御心を痛めていらっしゃいました。『私はなぜこんなに火がついて回るのか』と」

いままさにこの場に一条天皇がいて、その苦しみを吐露しているかのように、彰子が悲しんでいた。

紫式部はちらりと実資に目配せした。この話題を振ったのだから、収拾をつけてほしい……。

その視線が伝わったのか、実資が静かに続けた。

「神鏡の扱いについては、私も愚見を述べました」

「ええ。大納言の言葉でよかったと思っています」と彰子が息をつく。

損なわれた神鏡を修復すべきかどうか。修復するとしたらどのようにしたらよいか。まさにあってはならない事態だったために、前例など何もなかった。さまざまな意見も出たし、諸道の博士らにも意見を求めた。

そのとき、道長は直ちに神鏡を改鋳すべしとの意見を出している。一条天皇の威光まで損なってはならないからだ、と。

「左大臣さまの改鋳の主張に対し、改鋳するにあたって拙速のあまりに俗銅が混じれば、神器の崇高さが損なわれる、と大納言さまが意見なさったとか」

紫式部が言うと、実資はやや厳かにうなずいてみせる。

「そう。われわれは良くも悪くも、神への畏れを忘れてはいけないと思うのです」

先例がないから手を下すまいという意味ではなく、人の手が入っていい領域なのかを考えよということなのだろう。

結論としては、実資の意見が公卿たちの賛同を得た。

しかるべき意見が現れるまでは、焼けた神鏡をそのまま安置することになったのだ。

その話の流れで、紫式部は昨夜の道長の発言を思い出した。

解釈のしようによっては、ひどく重い内容を含んでいる。

実資の判断も聞いておきたかった。

「中宮さま。大納言さま。これから話すことはおふたりの胸にだけ納めてください」

「なにかしら」

「ふむ？」

と、彰子と実資が居ずまいを正した。

「未明に火事の知らせを聞き、中宮さまのところへ参じようとしたとき、ちょうど左大臣さまとすれ違いになりました。そのときに左大臣さまがおっしゃっていたのです。

『最悪、神器だけは護らねば』と――」

庭の紅葉が一葉、落ちた。

遣《や》り水の音が冷たく耳朶《じだ》を打つ。

実資の眉間に皺が寄っていた。

彰子はと見れば、色白の肌を青くさせている。かすかに手が震えていた。

「――なんということを」

彰子が絞り出すように言う。

彰子の反応に、紫式部は心のなかで満足する。彰子は畏れ多くも中宮ではあるが、同時に紫式部の漢学の弟子。聡明な弟子はうれしいものだ。

もし彰子が自分と同じように物語を書いていたら、きっとよい書き手になっていたのかもしれない。

だが、彰子の聡明さをよしとしている場合ではなかった。

「左大臣さまのご発言、私にはとても臣下として許される発言ではないように感じました」

紫式部がやや漠然とした感慨を述べる。

「まったくだな」と答える実資の声に、静かな怒気があった。

彰子も声を震わせた。

「主上のお命よりも、神器を重んじるとは。左大臣は——」

実資が静かに、彰子に返す。

「おおかた、主上の即位のときの出来事を思い出したのでしょう」

紫式部は御簾のなかでうなずいた。

わずか七歳だった懐仁《やすひと》親王が一条天皇として即位できたのは、道長の父・藤原兼家《かねいえ》が中心となって花山《かざん》天皇を落飾《らくしょく》せしめた「寛和《かんな》の変」のおかげである。その変が成就しえたのは、兼家が三種の神器を凝花舎《ぎょうかしゃ》の懐仁親王のもとへ運びおおせたからだった。

これによって道長は思ったに違いない。

万一、天皇の身に何かがあっても、三種の神器さえあれば次の天皇を即位させられる。つまり、三種の神器を無事に押さえれば、最後の最後には何度でも〝寛和の変〟の再現が可能だ、と。

だから「最悪、神器だけは護らねば」という言葉になったのだ。

「たしかに主上は三種の神器をもって即位されました。しかし、左大臣の言い方では、三種の神器を管理する者が、次の主上を好き勝手に定められるようではありませんか」

「おっしゃるとおりです」と紫式部は頭を下げる。

実資が唸った。「とすると、先の神鏡改鋳の意見も、多少そのあたりの心情を勘案しないといけないかもしれませんな」

道長が、焼損した神鏡を早急に改鋳すべしと意見した理由である。一条天皇の威光を理由としたのだが、実は神器をそろえることで天皇の即位をほしいままにしようとしたのではないかとも見える……。

人間の本心は、ほんの瞬きほどの言動に表れてくるものだ。

今回の火災では、損なわれた神鏡は無事に運び出されている。

「神仏への畏れは、人間だけが持つ大切な心だと考えます。私の『源氏物語』でも、さまざまな権力者が出てきます。そのなかで最高の栄光を手にするのはもちろん源氏ですが、その源氏であっても無常の風にはあらがえない」

紫式部がたとえを用いれば、実資も髭《ひげ》をなでながら、

「無常とか運命とか神仏の計らいとか、そういうものに対して、私自身も謙虚でありたいと思っています」

「すばらしいお考えだと思います」

「実は……」と実資はちらりと紫式部を見てから、話を続けた。

実資が見た夢の話である。

一条院内裏焼亡の少しまえ、実資の夢に、二年前に遷化《せんげ》した天台宗《てんだい》の覚運僧都《かくうんそうず》が現れて、「主上の命が今年で尽きる」と告げたという。

聞きながら、紫式部は口のなかが乾いた。

この夢について、紫式部はすでに知っている。

覚運は道長に天台の教えを説き、事あるごとに仏事を任されていた。一条天皇にも教えを進講している。夢とはいえ、そのような人物の言葉は、重い。重すぎるがゆえに、紫式部は夢告の内容を彰子に聞かせないように気を配っていたのだった。

実資も、これまで彰子の耳に入れないようにしていてくれたはずだ。

あえてその実資が、かの夢告に触れたのである。

「ゆえに、こう思うのです。――今年は、主上に対して『重く慎み御すべし』とされた年だが、此度の火災によって主上の禍が転じたのではないか、と」

もともと巧言令色《こうげんれいしょく》とは無縁であり、年をとって気難しくなってきたとも言わされている実資だ。彰子へのご機嫌とりやただの慰めではなく、自らの本心として「禍は転じた」と考えているのだろう。

「そのように考えても、よいものでしょうか……」

彰子の声が揺れている。

「はい。私も以前、新築したばかりの邸に引っ越した夜に、火を出しました。牛車《ぎっしゃ》に乗ってその場から出ましたが、日記などは守ったものの、邸は燃えるに任せました。なぜなら、こう思ったからです。『この火は天がくださった火。いま人の力でみだりに消してしまえば、さらなる禍となって返ってくるかもしれない。ゆえに、この天の火が邸を焼きたいなら、存分に焼かせるべきだ』と」

「なかなかふつうはそこまで思い切れません」

彰子が答えたが、その声に多少笑いを堪えるような雰囲気があった。

「ただ、おかげさまでその後、私は主上にお仕えする仕事を続けられています。やはりあのときの天の火が、邸をすべて焼くことでわが身への禍を転じてくれたと思っています」

そうあってほしいと、紫式部も祈る思いだった。

翌日、土御門第を訪問する者があった。陰陽師・賀茂光栄である。

光栄が来ているという話が紫式部の耳に届き、「会えるなら少し話を聞きたいもの」と思っていると、局の簀子に人の気配がした。

「どなたかいらっしゃるのですか」

と問うと、笑う声がする。

「ははは。大炊頭《おおいのかみ》・賀茂光栄だよ」

「陰陽師・賀茂光栄さまですね」

紫式部が御簾を少しあげようとすると、「寒いだろうからそのままでよい」と光栄が制止した。

光栄、御簾越しにわかるほどにくたびれた衣裳を着ている。烏帽子《えぼし》もゆがんでいた。陰陽師として当代一の名をほしいままにし、きちんとした官職に就いているのだから財がないわけではあるまい。よく言えばものにこだわらない性格であり、悪く言えばだらしがない。

ただ、その外見にだまされてはいけないのが陰陽師である。

「一条院内裏、全焼とは、大変だったのぅ」

「私は土御門第にいただけなので、いまのお言葉は中宮さまへのお見舞いと受け取らせていただきます」

「中宮さまへのお見舞いは左大臣を通じてお伝え申し上げたから、そのままに受け取ってもらっていいのだが……。まあ、火事というのは多くの人の心に傷を残すものよ」

「左大臣さまは、どのようなご用件だったのですか」

簀子にあぐらをかいた光栄が、頭をかいた。

「なにゆえに主上に火がついて回るのか、占え、と」

紫式部の全身が耳になる。「それでなんと」

「倹約をもって身を慎むべし——陰陽寮《おんようりょう》と同じ答えよ」

「まことに？」

光栄がにやりとするのが御簾越しにもわかった。

「どのような答えなら、満足だったかな？」

「…………」

ある意味で見た目どおりの食えない答えだ。

光栄があくびしながら、「まさか、主上が神鏡に対立する星だなどとは言えまい」

紫式部は耳を疑った。

「いまのは——まことですか」

「さあ。占いなど話半分で聞いておくものよ」

少し苛立つ。

「真面目に答えてください」

「私は真面目に答えているぞ」

主上がそのような星を持っているのかと聞き返そうとして、紫式部はやめた。危なすぎる。

火事の原因はさまざまだ。火の不始末や落雷などだけではない。意外に多いのが「放火」で、そのうえ犯人が見つからずじまいも多かった。放火によって、その御代――あるいは政権担当者の摂政・関白や大臣たち――への不満を暗に示す。ときとして火事は政治的手段に用いられていたからこそ、一条天皇の苦悩は一層深いのだ。

そこへもってきて、「主上は三種の神器に対立する人物だ」などと噂されれば、真偽や真意よりも批判が先走るだろう。

「いまの話、左大臣さまのお耳には？」

「入れるものかよ」と光栄が肩を揺らした。「まあ、あと数十年、主上の御代が続かねばはっきりせぬしな」

「主上の御代は、あと数十年は続くのですか」

光栄の笑いが止んだ。「さすが、紫式部どの。うかつなことは言えぬな」

「どうなのですか」

「わからぬ。そもそも占いとは川下りの指南のようなもの。地形や川の様子を教えることはできても、川下りをする当人の腕次第でいかようにも変わるものだ」

わかりやすいたとえである。だが、紫式部は粘った。

「光栄さまの見立てはどうなのですか」

「人間の寿命を定める泰山府君《たいざんふくん》の神に聞かねば、わからぬよ。ただはっきりしているのは、人は必ず死ぬということだけじゃ」

逃げたな、と思ったが、これ以上の深入りはやめた。主上の寿命を推し量るのは、それだけで不敬だろう。

「ところで、賀茂光栄さまは以前、言霊についてご教示くださいました」

「真剣に陰陽師の修行をしてみる気になったかね？」

「まさか。私は名もなき女房です。物語を書くことでしか、中宮さまにお仕えできない女房です」

「……あまり自らを低くしなくてもよいと思うがな」

紫式部は少しうれしくなった。

「その物語での言霊の力についてお聞きしたいのですが……。たとえば物語のなかで『火事』を取り上げることで、現世に先回りしてその火を封じられましょうか」

光栄の動きがはたと止まった。冬の風が御簾を押す。光栄は傾《かし》いだ烏帽子も表衣もそのまま、身体だけ居ずまいを正した。

「それは――おそらく難しいだろう」

無理だろうと思っていたが、あえて聞いてみたのだ。落胆はない。

「言霊といっても、できることとできないことがあるのですね」

「言霊でも、できることとできないことがあるのだよ。たとえば、おぬしが私に今日はこれこれのものを食べると言葉なり文字なりで戒《いまし》めても、私はそれを容易に破れる」

「そうですね」

「物事を事前にすべて定めてしまうのは難しいということさ。火事もそう。まず、誰がそれを起こしているかわからなければ、その者を止めるのは難しい。また火事を起こしたい者が大勢いた場合は、こちらも大勢の念を集める必要がある。おぬしの場合は読み手が多くいるので、そこはなんとかなるかもしれぬが」

「読み手が多ければ、相手を絞り込めなくても火事を抑えられますか」

「相当の儀式を行えば、ある程度は。だが、どれほど厳重に門を閉めていても、内側から開く者がいればひとたまりもない。それに、天が下さる火もある」

光栄が乗り気ではないのが伝わってくる。しかし、ここまで教えてくれただけでも破格のことだと満足すべきだろう。

御簾の隙間から冬風が忍び込んでくる。

紫式部は、かすかにため息をついた。

「私に何ができるのでしょうか」

すると、光栄が答えた。

「おぬしにしかできぬことが、ある」

「『源氏物語』ですか」

「それもひとつだが、まだある」

「それは――？」

「国母の女房となることよ」

そう告げた光栄の声には、いつのまにかいつもの笑みの色が含まれていた。


十一月中旬に入った。

焼亡した一条院内裏は、再建が始まっている。

もともとこの邸宅は、藤原伊尹《これただ》の持ち物だったが、異母弟の為光《ためみつ》を経て、その娘「寝殿《しんでん》の上《うえ》」に伝えられた。それを佐伯公行《さえきのきんゆき》が買い取り、東三条院詮子に寄進したものだった。詮子が子である一条天皇の後院とすべく造作を加えたのが、一条院内裏である。

一条天皇は平安京内裏に戻らず、道長が所有している枇杷殿へ遷御した。枇杷左大臣と呼ばれた藤原仲平《なかひら》の邸宅が伝えられてきたものだ。

彰子は土御門第にいる。

もうすぐ出産を控えている彰子は、冬晴れの空のように澄んだ表情をしているが、紫式部から見れば気が塞《ふさ》がっているように見えた。

理由はいくつかあるし、そのすべてをおそらく紫式部はわかっている。

「主上は枇杷殿から内裏に戻られるのでしょうか」

彰子が口元を笑みの形にしたまま、さみしげに首を横に振った。

「自らが内裏に入れば、また内裏が火に襲われるとお考えなのだと思います」

一条天皇は、自らを責め、ひたすら慎んでいる。冬の寒さのなかを薄着ですごし、さまざまな楽しみごとからも遠ざかっているという。

そのように天皇が弱っているときに、力をつけてくる者もいる。

左大臣・藤原道長だった。

臣下として天皇をもり立てていこうというのはいい。けれども、そこに不純なものがある。

「主上が静かにされているあいだに、またぞろ左大臣さまが敦康親王をどのように遇するか、よからぬことを考えているようですね」

一条院内裏の焼亡の再建に取りかかるという報告の折に、「次の東宮は敦成親王のほうが、みなが安心する」と、彰子に漏らしたのだ。

ほんのちょっとした付け足しのような、ささやかな一言だったが、大きすぎる意味を含んでいた。その安心する「みな」とは誰かと尋ねると、「此度の火災で動揺している人々だ」と漠然と答えるのみである。

「敦康が次の東宮となるなら、主上はどれほどお心安くなることか」

一条天皇は私情で皇統を考える人物ではない。皇子たちのすべてを慈しんでいる。だからこそ、長幼の序を重んじて第一皇子である敦康親王を東宮にできれば、心から安堵するだろう。

「敦康親王さまの身、万が一があってはなりません」

紫式部は声を励ました。

道長の横やりによる臣籍降下や落飾は許されない。落命などもってのほかだった。

道長が敦康親王をむげにしないように、たくみに道長を誘導しようと紫式部は力を込めて『源氏物語』を書いている。

その甲斐あってこのところの玉鬘《たまかずら》の物語――のちに「玉鬘十帖」と称されるようになるもの――が、道長の親心に呼びかけて、敦康親王の東宮擁立へ口約束を取りつけたのだが、あっけなく覆ってしまった。

これが自らの力の限界なのだろうか。

しかし、紫式部には物語しかないのだ。

悲しみごとの多い冬となったが、悲しみの向こうには喜びがある。

十一月二十五日、辰《たつ》の三刻（午前八時頃）、彰子は皇子を出産した。

彰子が陣痛を訴え、周囲も前回の出産を思って気を引き締めたが、陣痛が起きて程なくしての出産だった。

初産のときと比べものにならないくらい軽く、安産だった。あまりの安産ぶりに周りの者たちはおろか、彰子自身も驚いていたようだった。

生まれた子は、またしても男子である。母子ともに健やかだった。

二度目のお産だから初産よりは軽いだろうと思っていたが、紫式部はひとりしか子を産んでいない。あくまでも伝聞だったが、そのとおりの安産だったことに紫式部は何よりもほっとした。

他の女房たちも同様で、このところ暗い話題が多かった土御門第に喜びがあふれた。

こういうときに、人一倍喜びをあらわにするのが道長だった。

「おお、おお。此度も男であったか。いや、今回は男でも女でもどちらでもよい、とにかく安らかれと願っていたが、望外の喜びだ。敦成親王もたいへんにかわいらしいことであったが、この皇子もまたかわいらしいものよ」

と道長は相好を崩している。もともと細い目は笑みに埋もれ、目尻は下がりっぱなしだった。

過剰なまでの喜びように紫式部には見えるのだが、それがどういうわけか嫌みにならず、多くの人の心も浮き立ち、祝福したくなるような魅力があるらしい。

道長は、そのような振る舞いが人々にどう見えるかも計算しているのだろうか。

これが、五男から左大臣にまで登り、摂政・関白を窺う男の武器でもあった。

道長が祝宴を張ると、公卿貴族たちが大挙してやってきた。

そこには貴族たち自身の打算もある。

彰子が男児をふたり産んだとなれば、中宮の地位は安泰であり、それに伴って道長の権勢も揺らがない。

だが、打算だけでもあるまい、と紫式部は考えていた。

一昔前に寵愛を受けていた定子はなく、その兄の藤原伊周《これちか》も政治的には自滅してしまっている。

伊周は呪詛《じゅそ》と横暴に自らを塗り固め、病にやつれて、去りつつあった。

まるで政の敗者のすべてを凝集したように、汚れ、やつれ、恨み、誰からも顧みられなくなっている。

定子のいた頃は明るかった、と言っていた人々でさえも、いまとなっては伊周への悪印象で、定子がいた頃の思い出までもゆがんでしまうほどだった。

みな、何も考えずに喜べる慶事が欲しかったのだ。

ちょうど、手足が舞うように喜ぶ道長のように。

それもこれも、無事に子が生まれたからであり、何よりも彰子がいたからなのだ。

敦成親王の誕生のときと同じく、儀式は盛大に行われ、宴はさらににぎやかになった。

各夜の儀にも宴にもまったく顔を出さなかったのは、同じく自らの娘を入内させている藤原顕光《あきみつ》と藤原公季《きんすえ》であり、藤原伊周。

紫式部はこれら三人の名を忘れないようにするとともに、思った。

政争はこれで決着がついたな、と。

それは、もうひとつの戦いの激化の始まりだ。

道長の力が抜きん出たものとなるとは、彰子との対立が鋭くなることを意味しているからだった。

これから一層、「国母の女房」として紫式部は力を尽くさねばならないだろう。


にぎやかな宴の余韻を断ち切って、紫式部は筆をとる。

静寂に灯りが揺れていた。

「たいへんね」と同じ局で寝起きしている小少将の君がねぎらいの言葉をくれる。

紫式部は小さく微笑んだあと、尋ねた。

「あなたのことをもとにして、姫をひとり書きたいのだけどいいかしら？」

「私を？　紫式部に書いてもらえるなら、どんなふうに書かれてもうれしいわ」

「ありがとう。実は、物語のなかの朱雀《すざく》帝の内親王の予定なのだけど、すこーしだけ難しい姫になりそうなの」

「私に務まるかしら……って、『私』本人ではないものね。うふふ。読み応えのある話に使ってもらえたら、とてもうれしい」

紫式部は小少将の君に感謝した。

文机《ふづくえ》に向き直り、何度か深く呼吸をする。

私は書かなければいけない。

彰子のために。

主上のために。

親王たちのために。

道長の栄誉は、彰子がいてこそなしえたもの。

貴族たちもそれは心のどこかで思っているだろう。

たとえ現世の権力で道長が勝ったとしても、中宮の権威は侵せない。

権力を超えるのは、権威なのだ。

――十二月十四日、生まれた子は敦良《あつなが》という諱《いみな》を授かった。

彰子は二度目の出産から順調に回復した。

生まれた子が諱を定められてすぐ、十二月二十六日に、彰子は敦成親王と敦良親王のふたりの皇子を連れて、枇杷殿に入った。

一条天皇がずっと枇杷殿にいるからである。

つまり、いまは枇杷殿こそ内裏だった。

今回は紫式部も彰子と一緒に枇杷殿に入っている。

「ふふ」と彰子が思い出し笑いをした。「敦成を産んだあとに宮中に戻るときには、紫式部は一緒ではありませんでしたね」

「そ、その節は、申し訳ございませんでした……」

「責めているのではありませんよ？　今日は主上が畏れ多くもお渡りになり、宴を開いてくださるとのこと」

「は、はあ」

思わず気のない返事が出てしまった。

せっかくの宴とはいえ、敦良親王誕生以来の道長の贅《ぜい》を尽くした宴の日々で、やや食傷気味だった。彰子のためには公卿たちの様子のひとつも確かめておかなければならないのだが、新しい里内裏に移ったせいで生来の人見知りがまたぞろ強く出ている。静かな局で『源氏物語』の続きを書きたい。読みたい本もある。いやいや、そもそも主上の宴に出ないのはさすがに外聞が悪いだろうか……。

「ふふ。あなたはどこに行っても変わらないのね。主上が開く宴なんて、男どもなら目の色を変えて出席したがるでしょうに。どうせ『源氏物語』を書き進めたいと思っていたのでしょ？」

「お、畏れ入ります」バレていた。

ずいぶん年下の彰子だが、かなわない。

「……小少将を物語に入れてくれると言っていましたね」

「はい。どのような人物にするかは決めました。ある程度、形になりましたらごらんください」

「楽しみにしています。それで、宴のことだけど」

「で、出ないといけませんよね……」

『源氏物語』を書き、彰子に漢籍を進講してきた紫式部は、彰子付き女房たちのなかでも大きな地位を占めつつあった。教養人として知られる藤原実資と内外の様子について やりとりしているし、賀茂光栄がわざわざ足を運んできたのもすでに女房たちの噂になっている。

自分ではそれほどでもないと思うのだが、昔のように「一」も読めない振りをしなくてよくなっているのは気づいていた。

そのような立場になれば、宴席に出ないのはやはり外聞が悪い……。

「主上の宴だから勤めとして出てほしいというのはありませんよ？　前回、私が内裏に戻ったときの宴には、あなたがいなかった。主上と私のあいだを取り持ってくれていたのは、あなたの『源氏物語』だったのに」

「中宮さま……」

「その恩に報いるために、主上の宴という晴れの席にあなたにもいてほしいのです」

紫式部は観念した。

「謹んでお供いたします」

中宮さまは人を動かすのが左大臣さまより上手だ、と紫式部は心のなかでつぶやくのだった。


その翌日、紫式部は中宮御座所へ上がった。手には物語をしたためた紙がある。結構な量があった。

華やかな宴の余韻に、枇杷殿全体がまだほんのり酔っているように感じられる。

彰子がふたりの親王を眺めながらくつろいでいた。

生まれたばかりの敦良親王が高い声で泣き出す。

乳母となった中務《なかつかさ》があやそうとすると、まだ小さい敦成親王が泣いている敦良親王の頬をなでた。乳母よりも先にあやそうとする兄のやさしさに、彰子だけでなく、御座所の女房たちがみな微笑んでいる。

「小さな子というのは、見ているだけでこちらを笑顔にさせてくれますね」

彰子が鴨川《かもがわ》の川面のきらめきを眺めるようにまぶしげにしていた。ふたりの子を産んだ母としての感慨でもあろう。彰子自身も、一条天皇と同じところにいられることで安堵しているようだった。

「中宮さまも、お健やかなご様子で。昨夜のお疲れはありませんか」

紫式部が問うと、彰子はそのままの表情でこちらに「ありがとう」とうなずいた。

彰子が目配せをすると、中務たちがふたりの親王と一緒に下がる。

「昨日はご苦労でした。だいぶ疲れたかしら？」

「えっと……」

「目の下にくまが隠れていませんよ」

「え」

紫式部は自分の頬に手をやった。白粉《おしろい》をきちんと塗ったはずなのだが。

「ふふ。くまはありませんが、眠そうな目をしているのはほんとうです」

「も、申し訳ございません」

「疲れることが、続きますからね」

彰子が脇息にもたれた。

「昨日のことですね」と紫式部が言うと、彰子はさみしげにうなずいた。

昨日は彰子が枇杷殿へ移り、一条天皇の渡御と宴があったが、同じく敦康親王の御読経も行われていた。

中宮をもてなす同日に一の宮たる敦康親王の行事もとりおこなうあたりが、一条天皇らしい気遣いである。一の宮の敦康親王はもちろん、敦成親王も敦良親王も等しく慈しんでいるのだった。

この敦康親王の御読経に「故障」ありとして左大臣・藤原道長は欠席した。

「故障」など嘘である。自らの直系の孫たち、つまり彰子が生んだふたりの親王にかかりきりだった。

「左大臣は――父は明らかに敦康から心が離れています」

紫式部はうなずく。

彰子が産んだ親王がひとりでは、万一ということがある。この時代、男児で五歳までに死んでしまうのは珍しくなかったからだ。

彰子が産んだ敦成親王にもしものことがあれば、定子が遺した敦康親王が次の東宮になるしかなくなる。もしそのようなことがあればどうなるか。彰子は敦康親王の母代わりであり、すでに伊周が表舞台から退場しかかっている以上、道長が敦康親王の後見になる。

ところが、二人目も親王――男児だった。

敦成親王に何かがあっても生まれたばかりの敦良親王がいる。

よほどの疫病が流行らないかぎり、ふたりが同時に世を去りはしないだろう――そう道長は考えたに違いない。

紫式部としてはもうひとつ、考えていることがある。

敦成親王を産んで一年足らずで敦良親王を懐妊した。一条天皇と彰子との関係は極めて深く強くなっている。そのうえ、今回の出産は驚くほどに安産だった。

そのため、男の道長はこう思っているのではないか。

万々一、彰子のふたりの親王が天逝《ようせい》しても、彰子は「まだまだ産める」と。

「主上と中宮さまとともに、敦康親王をお護り申し上げます」

すると彰子は小さく微笑み、御座所のなかに視線をさまよわせた。

見慣れない間に、見慣れたしつらえがそろえられている。

新しいにおいのする御座所に、昔からの女房たちが座っていた。

「昨日の宴、主上はやはり薄着でしたね」

平安京の冬は厳しい。重い女房装束がこの季節ばかりは有り難いものだ。

しかし、一条天皇は薄着を貫いている。天皇ならば、民のすべてが冬でもあたたかく安寧に過ごせるようになったあとに、あたたかな衣裳を身につけるべきだと自らを戒めているからだった。

「そのうえ、宴で笛をお吹きになることもなかった」

一条天皇は笛を吹くのが好きであり、また得意でもあった、と彰子は言うのだ。

だが、そのような楽しみごとも、度重なる火事や政争に心を痛め、いつの頃からか手にとらなくなっていたそうだ。

初耳だった。紫式部はこれまで一条天皇の笛を聞いたことがないし、見たこともない。それは、紫式部が出仕したときには、すでに一条天皇が笛を持たなくなっていたからだろう。

「それでも、主上に対して『重く慎み御すべし』と出た年の終わりに、中宮さまが玉のような子をお産み遊ばされたことは、主上にも、宮中にも、たいへん喜ばしいことでございました」

「そうあってくれればいいのですが……」

紫式部は持参した紙を出した。まだ少し早いが、彰子に見てもらおうと思ったのだ。

彰子が髪をかき上げて、物語に目を通す。

紫式部は不意に冬の寒さを思い出した。目の前で読まれると、どうにも落ち着かない……。

「今回は、話が長いのですね」

「あまりに長くなりそうなので、この『若菜《わかな》』は上下にわけようと思っています」

物語の束に目を落としたまま、「この『女三の宮《おんなさんのみや》』というのは、もしかして」と彰子が疑問を口にした。

「はい。小少将の君をもとに作り上げました。一応、当人の許可はとりましたが、あまりわかりやすい描き方ではいけないだろうと思ったのですが……」

「小柄でしとやかな雰囲気、私にはすぐにわかりましたよ」

「畏れ入ります」

彰子が紙をめくる。

華やかな繁栄のさなかに、凋落の影が忍び込む。

作中の帝の親心を、源氏の尽きぬ欲が――かつて憧れた藤壺と血のつながりがあることと玉鬘を手にできなかったことによる欲が、何かをすれ違わせ、誤らせる。

それが、女三の宮の降嫁――。


かくて、如月の十余日に、朱雀院の姫宮、六条院へ渡りたまふ。

――こうして、二月十日過ぎに、朱雀院の姫君・女三の宮が、六条《ろくじょう》院へ降嫁された。


源氏の后たちが嘆く。

しかし、女三の宮はその嘆きの真意を理解できないくらいに、まだ幼い。

源氏も持て余すほどに幼い女三の宮。かつて、源氏は紫《むらさき》の上《うえ》がまだ「若紫」と呼ばれていたときに邸へ連れて帰ったが、そのときは源氏自身が若かったので相手ができた。だが、いまの源氏はもう若くない。

その代わり、物語には女三の宮と年の近い男たちがいる。源氏の息子の夕霧《ゆうぎり》であり、夕霧の友である柏木《かしわぎ》である。

多くの女たちと浮名を流し、勝手気ままに恋を渡り歩いてきた源氏。かつて源氏がなしてきた行いの報いが、ひたひたと迫ってくる……。

ざっと読み終わった彰子が紙をきちんとまとめた。

「新しい物語が始まりましたね」

その言葉に、紫式部は心底ほっとした。

「はい」

「それにしても……女の私が言うことではないかもしれませんけど、女の情念が幾重にも取り巻いていますね」

「はい。ここから、源氏の零落が始まります」と紫式部は答えたが、内心では舌を巻いている。

女の情念めいたものからはもっとも遠いところにいそうな彰子が、気づくとは。

源氏という男の特性ゆえに、恋の相手の女が次々に増えていった。

けれども、紫式部はそのひとりひとりをただの墨の字として生み出したわけではない。笑い、泣く、血の通った人物として描きたかった。そうでなければ、物語を低いと見ながら裏で読んでいる男たちへの反論にならないから。

結果として、さまざまな女たちの情念のかたちが表現されていった。

ささやかな泉や小川が集まって大きな川になっていくように、ひとりひとりの女たちの「目に見えぬ」思いが、やがて源氏の「目に見える」栄華をものみ込むか否か。

それは紫式部も書きながら見届けたいと思っているところだった。

この女の情念こそ、物語から出て道長を追い詰めていくものになるだろう。


女房たちが笑う声がした。

笑いの輪の中心にひとりの女房がいる。伊勢大輔《いせのたいふ》と呼ばれていた。

「伊勢大輔、よさそうですね」

と紫式部はつぶやくようにする。

人の輪のなかで笑いを起こすなど、自分には難しい。

「昨年、出仕を始めた頃は少し緊張していましたけど、あなたが八重桜を譲ってあげてから変わってきましたね、彼女の機転が利くところをみなが知って。――案外あなたは、人を育てる才能もあるのかも」

「と、とんでもないことでございます」冷や汗がどっと出た。

八重桜を譲った、とは、奈良《なら》の僧都から贈られてきた八重桜についてのやりとりである。

本来なら紫式部が使者から八重桜を受け取り、彰子に献上する役目だった。

だが、紫式部はその役目を伊勢大輔に譲ったのである。

「そういう晴れがましい役目は苦手で、失敗してはいけないから」と周りには説明したし、それも理由のひとつだったが、紫式部なりの考えがあったのである。

その頃の伊勢大輔は出仕して日が浅く、まだまだ宮中になれていなかった。愚鈍だからではない。利発の芽を感じさせるが、宮中の空気とうまくかみ合わないのだ。

二十歳そこその伊勢大輔は、愛嬌があって品もあった。

姿形は違えども、伊勢大輔の姿に紫式部はかつての自分を見たのである。

徐々に宮中になれてから賢いところを出せばいいという考えもあるだろうが、もったいない。

いま彰子の周りに必要なのは、定子の頃に引けをとらない華やかな女房たちの集いなのだ。

そのためには、伊勢大輔を引っ張り上げたい。

だから、役目を譲った。

伊勢大輔は目を丸くしながらも、その役目を引き受けたのである。

八重桜献上の役目が、そつなくこなすだろう紫式部から、若い伊勢大輔に代わったのは、道長を含めてほとんどの者は知らなかった。だが、年相応の緊張と華やかな唐衣の伊勢大輔の姿に道長は興味を持った。

この場で歌を詠み、八重桜とともに献上せよ、と道長は命じたのだ。

しばらく考え、伊勢大輔はこう詠んだ。

いにしへの　奈良の都の　八重桜
けふ九重に　にほひぬるかな

——いにしえの昔の奈良の都の八重桜が、今日は九重の宮中で美しく咲き誇っています。

道長は感嘆し、彰子もよしとされた。こうして伊勢大輔は男にも女にも才を認められたのである。

紫式部の予想していたとおりとなったのだった。

「あのような若く華やかな女房が、これからは必要になりましょう」

紫式部は静かに言った。

「あなたにもいてもらわないと困るのですよ？」

「もったいないお言葉です。もちろん、この紫式部も命あるかぎり、中宮さまにお仕え申し上げます。しかし、私は中宮さまよりも年上。親王さまたちのご活躍を最後までともにすることは難しいかもしれません」

「……そうね」と彰子は小さく微笑んだ。「諸行は無常だから。けれども、せめてあなたのような働きができるように若い女房を、育ててからにしてくださいね」

「はい……。それで、今度出仕する女房のことで、ひとつお願いがあるのですが」

紫式部の声が自分でもわかるほどに小さくなった。彰子が笑う。何をお願いしようとしているのか、もう気づいているようだった。

「和泉式部《いずみしきぶ》のことね？」

「はい。左大臣さまからは、私が指導役を仰せつかったのですが」

いろいろと『源氏物語』の参考になるような話が聞けるかもしれないぞ、というのが道長の言い分だった。

そう道長が言いたくなるほどに、和泉式部は「恋多き女」として知られていた。

夫の橘道貞《たちばなのみちさだ》が和泉守《いずみのかみ》に任じられたので和泉式部と呼ばれているのだが、夫と別居後、冷泉《れいぜい》天皇の為尊《ためたか》親王と恋に落ちた。

為尊親王が亡くなると、今度は為尊親王の同母弟である敦道《あつみち》親王と恋をしたと言われている。

紫式部としては、「自分とは合わなそうだ」と頭を痛めていた。

もっともこれは、道長が『源氏物語』をどのような物語と見ているかという判断材料にはなったのだが……。

「新しい女房を育てて、といま私も言ったばかりだけど、まあ、和泉式部ではあなたには荷が勝ちすぎるでしょうね。では、誰がいいかしら。赤染衛門《あかぞめえもん》なら、夫の大江匡衡《おおえのまさひら》どのが和泉式部の父の大江雅致《まさむね》と兄弟ですけど――」

「畏れながら、伊勢大輔がよいか、と」

彰子は小さくうなずいてくれた。

「あなたがそういうなら、そうしましょう」

これにより、和泉式部の指導役は、伊勢大輔がつくことになった。ふたりは意気投合し、和泉式部の出仕初日はふたりでずっとおしゃべりを続けていたという。

おかげで、気持ちよく出仕を始められた和泉式部も、一日にして気心の知れた友を得た伊勢大輔も、紫式部への好意を強くすることになった。

紫式部は、心強い味方を得たのである。

年が明けて寛弘七年の元日。

彰子が産んだ敦成親王と敦良親王の戴餅《いただきもちい》の儀が行われた。

藤原道長の子の頼通がふたりの親王を抱き、一条天皇が両親王の頭にそれぞれ餅をいただかせたという。

彰子や紫式部は参列していなかったが、なんともかわいらしい儀式になったことだろうと考えていた。小さな子供がひとりでもたいへんなのに、ふたりだ。それをまだ子のいない頼通が抱きかかえるのである。ひどくあぶなっかしい手つきだったろう。道長は一条天皇に餅を渡す役目だったが、どのような顔をしていただろう。

なによりもふたりの親王の愛らしさに、一条天皇はじめ、参列した者たちがみな目を細めたに違いない——。

そんなことを紫式部は、彰子のお屠蘇《とそ》の儀の御陪膳役《ごばいぜんやく》の宰相《さいしょう》の君《きみ》や、内匠《たくみ》の君《きみ》や兵庫《ひょうご》の君《きみ》といった女蔵人たちを眺めながら、想像していた。

宰相の君たちの衣裳の色合いが、正月らしく格別にすばらしい。

慎むべき年は明けたのだ、とみなが思っただろう。

二日は彰子による中宮の大饗《だいきょう》はとりやめになったが、年始の臨時客を東廂《ひがしひさし》の障子などをとり払って例年どおりに催された。傅大納言《ふのだいなごん》・藤原道綱《みちつな》、右大将・藤原実資、中宮大夫・藤原斉信《ただのぶ》、四条《しじょう》大納言・藤原公任《きんとう》、中納言・藤原隆家《たかいえ》、侍従の中納言・藤原行成《ゆきなり》、左衛門督《さえもんのかみ》・藤原頼通、さらに有国《ありくに》の宰相、大蔵卿《おおくらきょう》、左兵衛督《さひょうえのかみ》、源宰相《げんさいしょう》ら上達部《かんだちめ》（公卿）が、向かい合って座っていた。さらに源中納言《げんちゅうなごん》、右衛門督《うえもんのかみ》、左右の宰相の中将は、長押《なげし》の下、殿上人の上座についている。

そこへ道長が兄宮となった敦成親王を抱っこして現れ、新年の挨拶を受けた。

弟宮の敦良親王は、道長の北の方である源《みなもとの》倫子《りんし》が抱っこしている。

「どれ、敦良親王さまをお抱きしようか」

道長が言うと、抱っこがなくなると思ったのか、敦成親王が「あー」と不満の声をあげた。それを道長がなんだかんだとあやす……。

清涼殿《せいりょうでん》の殿上の間に一条天皇が来て、管弦の遊びがあった。

けれども、一条天皇が笛を吹いたとは、ついに聞かなかったのである。

正月十五日に敦良親王の五十日《いか》の祝いがあった。

少し実家へ戻っていた紫式部は、明け方に戻ると急いで支度をした。同じ局で寝起きしている小少将の君も同じように実家に顔を出していたようで、夜がすっかり明けてからやってきた。

ふたりでなんとも言えない苦笑いを交わしながら、支度をする。

小少将の君が軽く咳をした。

「風邪?」と紫式部。

「今朝起きたときに喉が少し痛くて。それでこちらに来るのがすっかり遅れてしまったの」

その小少将の君は、桜の襲《かさね》の織物の袿《うちき》の上に赤色の唐衣、白地に摺《す》り模様のいつもの裳を身につけた。

紫式部は紅梅の袿に萌黄《もえぎ》の表着、柳の唐衣と、流行の摺目《すりめ》の裳。思ったよりも若々しい衣裳になってしまった。小少将の君と取り替えたいくらいだ。しかし、小少将の君が「すてきです」と言ってくれたので、引くに引けなくなってしまった。

一条天皇付きの女房から、十七人が彰子についている。

敦良親王の御陪膳役は、橘三位《たちばなのさんみ》。取り次ぎ役として、廂の間の端には小大輔《こたいふ》の君《きみ》と源式部《げんしきぶ》の君《きみ》、母屋には小少将の君が配された。

一条天皇と彰子は、御帳台《みちょうだい》にともに入っている。

朝日が光り合うように、まぶしいほどの立派なありさまだった。

一条天皇はくつろいだ直衣と小口袴。彰子はいつもどおりの紅の単衣に、紅梅、萌黄、柳、山吹の襲の袿、その上に葡萄《ぶどう》染めの織物の表着を重ね、模様も色も目新しい柳襲で上白の小袿を身につけていた。

これらも日記に書いておこう。そのためにじっくり見たいけれども、ここだと向こうからすっかり見えてしまうので、御帳台の裏へと紫式部は身体を滑り込ませた。

五十日の祝いは、生まれて五十日になった幼子の口に餅を含ませて、健康と長寿を祈る儀式である。

儀式が終わると宴となった。この宴で、道長は一条天皇に当代随一の名器と称えられる「歯二つ」という笛を献上している。

だが、主上はここでも笛を吹かなかった。

華やかな宴の陰になるように、いくつかの事件が起こっていた。

五十日の祝いでもっともみなが危惧したのは「藤原伊周が来ること」だった。

来れば、また定子と敦康親王、そして自分の存在を訴えたのだろうが、結局、彼は現れなかった。

死が彼に迫っていたからだ。

紫式部によって「怨霊にさえなれない」と戒められた伊周だったが、呪いは最後まで吐き続けた。

その呪いの対象となったのは、あろうことか己の妻子たちだった。

——私はもうすぐ死ぬ。おまえたちはどうするつもりか。せっかく女御や后になれるようにと育てた娘だが、いまの世の中、主上や太政大臣の娘であっても出仕する。おまえたちを女房に欲する者たちも多いかもしれぬ。だが、おまえたちは絶対にそのようなことはしてはならない。くれぐれも親の名を辱めることなかれ。ああ、私よりも先に、娘たち全員が先に死すべしと神仏に祈っておけばよかった。

子供たちの後見に、自らの北の方だけではいかにも心細いと、本人の面前で酷評したうえで、まだ十九歳で従四位下《じゅしいげ》の息子・道雅《みちまさ》にも呪いを遺した。

——世渡りに苦しみ、低い官位に悩んで、心にもない追従《ついしょう》をしたり、誰かの家来になったりしてはならぬ。そのようなことをするくらいなら、出家してしまえ。

最後の呪いを涙ながらに言い残し、伊周は逝った。

享年三十七。正月二十九日のことだった。

伊周が没したことが伝わってくると、彰子は心を痛めた。

「そうですか……」と言ったきり、黙ってしまった。

厳しい表情で、庭を見ている。

「伊周どのはまだ三十七歳。元気であれば、これからの人生、まだまだでしたでしょうに」

と彰子は独り言のようにつぶやいた。

伊周は明らかに道長に——さらには彰子とその子に敵対していた。生まれたばかりの敦成親王に呪詛をかけたこともあった。生まれに奢り、美貌に奢り、酒色に溺れ、世を恨み、人を恨んでは周囲に迷惑をかけ、ますます転落していくばかりが伊周の人生だった。一条天皇がどれほど心を痛めたことか……。

紫式部からしてみれば、不倶戴天《ふぐたいてん》の敵とでも言いたいところだったが、彰子の心はそれだけではなかったようだ。敵は敵として認識しながら、人間として否定するところまで憎まないのが彰子だった。

最後まで追い詰めず、許していたのだなと、彰子の横顔を見つめながら、紫式部は感じた。

となれば、次に彰子が気にするのは、おそらく——。

「紫式部。伊周どのの子らをなんとかしてあげましょう」

「……よろしいのですか」

もともと彰子は面倒見のいい性格だった。彰子から女房たちに暇を言い渡したことはないし、むしろ女房たちの親族で働き口が必要な者がいれば、可能なかぎりあちこちに働きかけてくれた。

だが、伊周の遺児にまでそれをしていいのか……。

「主上も心を痛めていることと思います」と、彰子はきっぱり言い切った。

自分にはここまでできないなと、紫式部はあらためて感服した。

彰子は、伊周の娘たちに自ら手紙を書いた。

亡父の遺言はあろうが、自分のところの女房にならないかという誘いである。

一回ではなく、何度も書いた。

紫式部も、藤原実資に会って彰子の意向を伝え、伊周の娘たちが彰子の誘いを受けるように働きかけてもらうようにした。

彰子と紫式部は急いでいた。

道長が自らの愛人にしてしまわないかと危惧したからだ。

ここで紫式部の原稿がひとつできあがった。

『源氏物語』第三十四帖「若菜上」である。

写本が出回り始めると、すぐに道長が飛んできた。

「光源氏《ひかるげんじ》はこれからどうなるのだろうか……」

「さあ」と紫式部は首をひねる。

ちょうどそばにいた伊勢大輔と和泉式部が、道長の様子に笑みを堪える目つきをしていた。

「『さあ』はあるまい。おぬしは作者ではないか」

「作者だからわからないのです。物語の人物たちが勝手に動きますゆえ」

「そういうものなのか」

「そういうものでございます」

ここから、源氏の凋落は始まる。

栄華を極めたと思ったところが、零落の始めなのだ。

道長の読み方はわかっている。

まず、この「若菜上」で登場する「女三の宮」こそが、源氏の衰退の始めだと思うだろう。

年甲斐もなく、伊周の娘たちに手を出そうなどとはするな。それこそ、名を汚すぞ。

さしあたって道長はそのように自分に当てはめるはずだ。

事実、そうなった。

娘ふたりのうち、次女はなんとか彰子の女房となる。

長女のほうは道長の子——といっても彰子とは異母弟にあたる——の藤原頼宗《よりむね》が妻とした。こちらの「女三の宮」は、「源氏」には手折られず、「柏木」でもなく、「夕霧」にもらわれた、といったところだろうか。

娘たちはなんとかなった。

問題は、道雅だった。

男の道雅の身の振り方を、彰子がすべて裁量するのは難しい。

そして、道雅は荒れた。

父の呪いの言葉から逃れられず、暴れた。

その暴れっぷりが、紫式部には亡父・伊周と重なって見えたほどである。

心はすさみ、行いは乱暴と博打《ばくち》にまみれていった。

当然、周りから厳しくされる。

道雅はそれを己が振る舞いの結果として受け止めず、すべて父である伊周のせいだとして、伊周を恨み続けた。


「もう放っておけ」

賀茂光栄は、紫式部に言い放った。

いつもの、よれよれの表着と烏帽子である。

二月初めながら、梅は盛りを過ぎ、桜が待ち遠しい頃だった。

枇杷殿に呼ばれた光栄が、用が済んで帰るまえに紫式部を呼び出したのだ。

紫式部は実資と、引き続き伊周の子らについて打ち合わせをしていた。そちらが一段落して光栄が待つ間へ入ると、開口一番にそう言われたのである。

少し考えて、紫式部が確認した。

「放っておけ、とは、中関白家《なかのかんぱく》の方々のことですか」

中関白家とは、ここでは伊周の家のことを指している。

光栄が楽しげに笑った。

「わかっておるなら、さっさとそうせよ」

「しかし……」

「もはや伊周の家の没落は誰の目にも明らか。伊周所有だった室町邸《むろまち》に盗人が押し入ったのだろう？」

「中宮さまはひどく心を痛めています。主上も同じご様子だと……」

ただの盗人ではない。数十人もの大人数が乱入して家財を根こそぎにした。弱っているとみれば寄ってたかってなぶり者にする、獣の世界のようだった。

「弱っているときに手を差し伸べてくれる者もいる。伊周の娘たちへの、中宮さまのようにな。しかし、今回のことは伊周と道雅父子の徳のなさに起因すること」光栄は笑いを収めた。「このままでは敦康親王にまで累が及ぶぞ」

「………っ」

紫式部は言い淀んだ。

伊周の子をなんとかしたいというのは彰子の意向だ。

紫式部も、伊周を言葉でもって打擲《ちょうちゃく》した自覚があった。

知らぬ振り、というわけにはいかない気がしている。

「娘たちはなんとかなった。　もっとも、ばかな父親の遺言を無視していなければ、もっとこじれただろう。　しかし、道雅はダメだ。あれは伊周と同じ。自分以外のもののせいにしているうちは、人生は開けぬよ」

「……なんともなりませんでしょうか」

「自分から滝壺に落ちていこうとしている者を救うことは、釈迦大如来《しゃかだいにょらい》でも難しい。それだけ人生というのは各人の心と行いで築き上げる不可侵のものだからな」

「道雅さまはどうなるのでしょうか」

光栄が人の悪い笑みになって、「わかっているのだろ？　父親と同じ道を歩むさ」

「中宮さまへ呪詛を……？」

「そこまでの根気もあるまい。十九歳にしてただ愚痴り、ただ恨むだけの人生。あとはせいぜい、おぬしの物語の参考に使うくらいしか、生かしようがあるまい」

「……なるようにしか、ならぬのでしょうね」

そこで光栄は深く息をついて、殿舎に漂う春のにおいを吸い込んだ。

「春のにおいはよいものだ。ほれ。おぬしも胸いっぱいにこのにおいを吸うてみよ」

「――よいにおいです」

「少しは落ち着いたか」

「はい……」

光栄は懐から檜扇《ひおうぎ》を取り出した。笏《しゃく》の代わりに儀式の流れなどを書いておくものだったが、光栄は檜扇を軽く開くと額にかざし、春の白い陽射しの庭を眺めた。

「枇杷殿もよいところよ。まあ、私にとっては雨風がしのげればどこでもよいのだが」

「まるで出家のようなことをおっしゃいますね」

「出家したいかね？」

光栄がさりげなく、しかし正確に尋ねた。

「いつかはしたいと思っていますが、かなわぬ夢かもしれません」

「残念かね？」

「……自分で選んで出家をしないと思いますので、おそらく残念とは思わないでしょう。それに、物語書きは、仏教のもっとも初歩的な戒である五戒のうち、不妄語戒──嘘をつくなかれという戒めを守れませんから」

「物語書きが嘘を書いていると、誰が言い切れるのかね？」

光栄は、相変わらず庭を眺めている。白い髭が日に照らされて光っていた。

「……かつて私は、自らの身を高内侍《こうのないし》さまに引き寄せて、あれこれと考えていたことがありました」

高内侍とは高階貴子《たかしなのきし》──定子と伊周の母──の官名による通称である。

高階貴子は本格女流漢詩人として名を馳せた。

幼い頃、漢籍への才能を示しながらも、それを隠しながら生きる自分とでは何が違うのだろうと、紫式部は悩んだことがあった。

けれども、貴子よりあととはいえ、若くして定子が亡くなり、伊周があのように自滅していったのを見れば、また別の疑問が湧いてくる。

そもそも貴子は幸せだったのだろうか、と。

光栄が檜扇を閉じる。

「春に花の香りを愛で、夏は暑さに汗を拭い、秋にその年の実りをいただき、冬はその年を振り返る。人としての幸せは、もう十分そこに隠されているものさ」

紫式部はなぜか涙が流れた。

漢籍の才能を伸ばしきれなかった思いは、紫式部のなかにかすかに残っている。けれども、『源氏物語』という大作の物語作家として、一目置かれる存在になった。不妄語戒を破っているとの誹《そし》りを受けるかもしれないが、物語の力で彰子に仕え、道長と戦っている。

夫に先立たれているし、家柄も父は中流の受領だから、娘の賢子《けんし》が后になることはないくらいは、わかる。

けれども、娘もまた后の女房にはなれるかもしれない。

権力の頂点にはほど遠いが、人並みに生きていけるには十二分だろう。

それで十分に幸せ。幸福とは、自分の心が決めるものなのだ。
そんな単純なことを、男たちというのはわからないものなのか。

第二章　道長の欲と光源氏の凋落

藤原道長は、藤原伊周の死を悼むものの、できれば関わりたくないようだった。

伊周の葬儀にもほとんど関心を寄せなかったようだ。

その話を聞いて、紫式部は微苦笑を禁じえなかった。

道長は権力に執着している。

だからこそ、権力闘争に敗れ、恨み心で死んでいった者たちの怨念が怖いのだ。

ざっくばらんに言ってしまえば、道長は伊周が怨霊になって自分を襲うのではないかと恐れているのだろう。

紫式部が、「怨霊にさえなれない」と伊周を一喝し、封じてしまったのは知らない。

教えるつもりもなかった。

目に見えぬ怨霊に恐怖し続けている道長は、行動を続けていた。

道長は東宮・居貞《おきさだ》親王に、娘の妍子《けんし》を入内させようとしていたのだ。

その話を中宮御座所に来た藤原実資から聞いたとき、紫式部は耳を疑った。

「まことでございますか」

いま、居貞親王は三十五歳。娍子は十七歳であるが、居貞親王の第一子である敦《あつ》明《あきら》親王と同い年だった。

彰子が深くため息をついた。

「左大臣の権勢欲かもしれませんね。居貞親王は東宮。次に高御座《たかみくら》にお座りになるのは間違いのない方。ところが、三人いた東宮女御のうちふたりがすでに世を去ってしまい、残るおひとりも外舅《がいきゅう》のいないお方のみ」

外舅がいないということは、実家の有力な後ろ盾がないということだ。早晩、東宮女御の——あるいは即位後の天皇の后の——座を巡って、有力貴族たちが我先にと娘を入内させようとするだろう。

彰子が二度目の出産を終え、みながなんとなく互いを牽制し合っている空気のいま、道長が先手を打った形になる。

紫式部は顎《あご》に手を当て、考えた。

「しかし、中宮さま。今回の件、左大臣さまの欲から出た行いでしょうが、このままでは皇統がわかれたままになってしまいませんか」

いま、皇位継承の流れでもっとも悩ましいのが、皇統がふたつにわかれていること
だった。

これは以前、実資が指摘したことだった。

冷泉天皇即位後、藤原氏と源高明《たかあきら》が立太子を巡って対立し、安和《あんな》の変が起こった。

これにより源高明は失脚して、守平《もりひら》親王が東宮となった。のちの円融《えんゆう》天皇である。

すると今度は、冷泉上皇の外舅・藤原兼家《かねいえ》と、円融天皇の関白・藤原兼通《かねみち》が対立。

結果、兼家は娘の詮子を入内させ、円融天皇は詮子とのあいだに生まれた懐仁親王を東宮とした。同時に円融天皇は、兼家が仕えた冷泉天皇の血を引く師貞《もろさだ》親王に譲位した。この師貞親王が先の花山天皇であり、東宮・懐仁親王こそが一条天皇だった。

冷泉天皇の系統と円融天皇の系統の皇統が、順番に天皇の位についているのである。

ゆえに、一条天皇の東宮は、一条天皇の実子ではなく、冷泉系統の居貞親王なのである。

ところが、道長は一条天皇に彰子を入内させ、居貞親王に妍子を入内させようとしている。

道長自身が天皇となることはできないが、一条天皇と次の天皇の舅《しゅうと》となろうとし

ているのである。

居貞親王は、一条天皇より四歳年上。一条天皇の御代があとどれほど続くかわからないが、居貞親王は即位しても短い期間で譲位するだろう。

問題は次の東宮である。

一条天皇にはすでに敦康、敦成、敦良の三人の親王がいて、うちふたりは道長の血を引く孫である。いま敦康親王をないがしろにして、自らの血を引くふたりの孫をかわいがっている道長だ。居貞親王に入内した妍子が男児を産んだとすれば、その子に注力するだろう。

どちらにしても、道長は自らの血を引く孫を次の東宮にするよう働きかける。年齢を考えればそれは敦成親王であり、さらには居貞親王の子へ継がせることも視野に入っているかもしれない。

藤原実資が口元をぐいと押し下げた。

「紫式部どののおっしゃるとおりだと思います」

彰子はもう一度、息を大きくはいた。

「話の内容はわかりました。入内する私の妹に罪はありません。ただ、策を弄する左大臣が皇統にあまりに横やりを入れてくるようであれば、こちらも考えねばなりませんね」

　紫式部はどきりとした。彰子にしては政治的にかなりきわどい発言だったと思う。二児を産んで、さらに強くなったのかもしれない。

「中宮さまのご尽力には、たいへん感謝しています。主上と中宮さまの仲がおよろしいことが、何よりも変事を防ぎましょう」

　との実資の言葉に、彰子は何かしらを言おうとしたようだったが、やめて別のことを口にした。

「ありがとう。それにつけても、私の出産に伴い、敦康の元服がまたしても遅れてしまったのがほんとうに申し訳なく……」

「なるべく早く敦康親王さまの元服をとりおこなえるようにしましょう」

　そんな約束をして、実資は出ていく。

　実資がいなくなると、紫式部は彰子に少し膝行《しっこう》した。

「中宮さま。先ほど実資さまにおっしゃりかけておやめになったのは……？」

　彰子は複雑な笑みを浮かべる。

「主上が私を大切にしてくださったとして、それだけで防げるほど変事はかんたんではないでしょう」

「しかし、先日亡くなった『心幼き人』のような人柄よりは、仲睦まじくいらっしゃることのほうが、悪事を引き込まないと思いますが」

「心幼き人」とは伊周のことである。

「それはそうでしょう。しかし、裏を返せば、私を見ていれば左大臣には主上のご意向がわかってしまうのではないかと」

「ああ、それは――」

紫式部は首肯《しゅこう》した。それほど互いに鏡映しになる妹背《いもせ》は、普通の身分の者たちでも難しい。一条天皇と彰子がそこまで睦み合える仲になるのなら、道長に一条天皇のなさんとすることがわかってしまってもよいようにも思う。

「左大臣さまにわかるということは、私たちにもわかるはず。そうであれば、私たちも、より主上と中宮さまをお護りしやすくなるというものです」

「そう言ってもらえるのは、心強いことです」

「それに、私はいま、左大臣さまの恐れるものを手にしつつある気がするのです」

「そのようなものが、あの左大臣に……？」

紫式部は人差し指を口のまえに立てた。

「もしかしたら、という程度です。ただ、私の『源氏物語』はそのための武器になります」

ふと女房たちに視線を向けると、大納言の君がいた。

小少将の君は、いない。

「そうでした。小少将の君は……」と思わずつぶやいてしまい、目頭が熱くなった。

彰子が「紫式部──」と長いまつげに玉のような雫《しずく》をためている。


紫式部が女房勤めを始めてから、親友として互いに支え合ってきた小少将の君が、亡くなったのだ。

これもまた、紫式部が自らの力の小ささを突きつけられた事件だった。

まだ若い小少将の君の死は、彰子にも大きな衝撃だった。そもそも小少将の君は道長の妻・源倫子の兄の子。彰子と小少将の君は、従姉妹の関係だった。

伊周が死に、その子らの救済のために彰子と紫式部が頭を悩ませていた頃のことだ。ほんの数日、風邪をこじらせたかと思ったら儚《はかな》くなってしまったのである。

同じ局で寝起きし、つい先日まで元気だったのに。ふたりで夜遅くまでおしゃべりをしたり、髪を梳《と》かし合ったり……年は離れているが、紫式部と小少将の君はいつも一緒だった。

物語に倦《う》んじ果てたときには碁の相手をしてくれたり、あるいは逆に物語の相談にも乗ってくれた小少将の君。

小柄でおっとりしていて、誰かに陰口を言われたら、それを気に病んで死んでしまうのではないかと思っていたほどの小少将の君だったが、まさかこんなにあっけなく、しかも自分より先に死んでしまうなんて……。

ほんとうのことを言えば、気持ちが乱れ、筆をとるのも苦しい。

文字を書き連ねても、どこかふわふわしている感じで、何を書いているのか、何を書いていいのかも霧の向こうにある心地だ。

だが、書かねばならない。

書かなければ自分のなかの気持ちがあふれてしまうから。

そもそも紫式部が物語を書くようになったのは、夫・藤原宣孝《のぶたか》の死がきっかけだった。そのときも、小さな娘をひとりで抱え、誰にどのような気持ちを打ち明けていいのかわからず途方に暮れていた。そのなかで筆をとり、一文字一文字を書き連ねていき——それが『源氏物語』へとつながっていった。

私は再び同じように書かねばならない。

大切な友であり、妹のようであり、娘のようでもあった小少将の君の死を乗り越えて。

いま小少将の君の魂は中有《ちゅうう》を漂っているのだろうか。

まだ心は散漫なまま、紫式部自身が中有の闇にほどけていきそうで、文字はなかなか物語に結実しない。

その一方で、夫の死を乗り越えて『源氏物語』が生まれたように、友の死を乗り越えた先に新しい『源氏物語』が生まれるような予感もする。

小少将の君の死を物語のために食らっているようで、自分が浅ましく感じられるのも事実だった。

しかし、物語を書く力の源が強い感情にあるのだとしたら、いまの紫式部のなかにあるもっとも強い感情は、小少将の君の喪失の悲哀である。

「玉鬘」では道長の心をひととき動かすだけだった。

それ以上に強い気持ちで筆を進めれば――。

紫式部はすでに物語のなかに小少将の君を入れている。

小少将の君の魂が最後に安らげるような物語となるかどうか。

だが、どんな形でも彼女はわかってくれると信じていた。

小少将の君もまた、彰子の幸せを考え、尽くした女房だったから。

どうか、私と一緒に中宮さまの夢をかなえるために、力を貸して。小少将の君。

紫式部は祈りをこめて筆を進めている日々だった。

どうやら小少将の君の死は、自分にとってたいへん大きなものだったらしい。

中宮御座所を辞して簀子を行きながら、紫式部はどこか心がここにないような不思議な気持ちだった。

ひどく疲れている自分がいて、その自分を見ている自分がいる。

小少将の君の死に衝撃を受けた自分の心身の動きを、「これはなんだろう」と見つめている自分がいるのだ。どのような心の動きをし、身体はどのような感じなのか。外界をどのように感じるのか。どう反応するのか。それらを味わい、咀嚼《そしゃく》し、貪欲に物語作者としての自らの血肉にしようとする自分がいた。

そんな自分に気づき、消耗している自分はますます深みに落ちていく。

その繰り返しだった。

「紫式部さま」

と横の局から声がした。

伊勢大輔がいる。和泉式部も一緒だった。

紫式部は、笑顔を作った。一応はこのふたりからすれば先輩なのだ。情けない姿を見せられない。

しかし、痛ましげな表情になった伊勢大輔と和泉式部は、半ば強引に紫式部を局に引っ張り込んだ。

「ちょ、ちょっと。あなたたち――」

よろめく紫式部に、和泉式部が泣きそうな声で言った。

「紫式部さま。見ていられません」

「何かあったのですか」

「何かあったのですかって、紫式部さまのことです」

「小少将の君さまが亡くなってから、お食事もろくにとっていないではありませんか」

と、伊勢大輔が続けた。涙を目にためている。

そんなことはないと否定しようとして、ふと自らの手の甲が見えた。青みを帯びて筋が浮き出ている。年のせいかと思っていたが、自分はこんな手だっただろうか。

「紫式部さまに万一のことがあったら、中宮さまが悲しまれます。いいえ、私が悲しみます」

その和泉式部の物言いが、少しおかしかった。

「私だって悲しみます」と伊勢大輔が張り合うように言う。「なんなら食べられますか。雑炊ですか。お粥ですか。蘇《そ》がいいですか。若布《わかめ》？　鮑《あわび》？　椿餅《つばきもち》とかのほうがいいですか。紫式部さまが食べたいもの、和泉式部と私で用意しますから」

まるで幼子のようにとりつくふたりを、紫式部はなだめる。

「ちょっと待って。私は大丈夫だから。たしかに小少将の君が亡くなってから、しばらく食べ物が喉を通らなかったけど、気をつけるから」

「信用できません。私が二度と恋をしないと誓うほどに信用できません」

泣きながら和泉式部がめちゃくちゃなことを言っている。

「とにかく落ち着いて。どうして私なんかの――こんな地味なおばさんのために、ふたりが泣くことがあるの？」

これでは大きな赤ちゃんがふたりいるようなものだ。

伊勢大輔も和泉式部も、目をつり上げた。

「何を言っているのですかっ。紫式部さまは大切なお方です。『源氏物語』の作者というだけでなく、私たち中宮さま付き女房の中心です」

「ややこしい行事や貴族たちからの無理難題であっても、紫式部さまが中宮御座所にいらっしゃったり、局で物語を書いていらっしゃったりする姿を見れば、大丈夫って思えるのです」

「待って待って」紫式部は慌てた。狼狽《うろた》えた。「私、そんな立派な人じゃない」

そんなことありません、と、ふたりが異口同音に否定した。

「これは、他の中臈女房たちも同じ気持ちです」

「上臈女房の方々だって、かなりの方々が頼りになさっているんですよ」

ふたりの言葉に力はこもっていたが、紫式部はにわかには信じられない思いだった。

むしろ、疑っている。

物語書きの中臈風情が、いつもしゃしゃり出てと思われてはいないかと恐れていた。

自分が悪口を言われるのは仕方がないとしても、「あんな女房を近くに置くなんて」と彰子が悪く言われないかどうか、いつも気を張っている。

その気持ちが顔に出ていたのか、伊勢大輔が迫った。

「ほんとですからっ。私たちの誇りなんですからっ」

「あー……うー……」

紫式部、困惑する。

和泉式部が、伊勢大輔の衣を引いた。

「『源氏物語』、私、大好きです。だって、痛快ではないですか」

との和泉式部の言葉に、紫式部は思考が止まった。

「痛快?」

いままで聞いたことのない感想だった。

多彩な恋の話が「恋多き女」に気に入ってもらえたのだろうか。

「だって。名もない家からやんごとないところまで、生き生きと女が描かれています。それだけでも、『伊勢物語《いせものがたり》』なんて吹っ飛んでしまうほど。しかも、その女たちが痛快」

「痛快?」同じ言葉を同じ言葉で聞き返してしまった。

「光源氏と契りを結んでも、きちんと関係を保つ女もいれば、源氏をあっさりと袖にしてしまう女もいる。死んでしまう女もいるけど、菩提心《ぼだいしん》に目覚めて出家してしまう女もいる。源氏の手の届かないところへ、女のほうがあっさりと行ってしまう。源氏のほうがよほどめそめそしている」

「まあ、たしかに……」

「そうかと思えば、女たちの情念めいたものが澱《おり》のように物語の底流に重なっている。これがついに『若菜上』で鎌首をもたげてきたのかって……。『源氏物語』は男のための物語ではない。女の声を男にぶつける物語。これが痛快でなくて、何が痛快なのですか」

和泉式部が頬を上気させながらまくし立てる。同じ顔をして伊勢大輔が熱心に首を縦に振っている。

「私……いままでそんな感想、もらったこと、なくて――」

紫式部は喉が詰まった。これまで感じたことがない熱い塊が胸を満たし、視界がぼやける。

そのときだった。

「おやおや。中宮さまの大切な女房が三人してどうしたことか」

と簀子から声がした。道長だった。

紫式部たち三人が、音を立ててしらける。

「なんだ。左大臣さまですか」

和泉式部があんまりな言い方をしたが、紫式部も同じ気持ちだった。

露骨に顔に出てしまったのか、道長も鼻白んだような顔をした。

「ずいぶんだな。……おや、扇が落ちている」

と道長が拾う。局の仕切りに扇が落ちていたのだ。

「あ、それは、私の扇です。落としてしまったみたいで」と伊勢大輔。

道長が扇を開いた。金をあしらい、桜が描かれている。

「見事な絵だな」

「ありがとうございます。和泉式部からもらったものです」

「ほう？」道長が感心する。だが、先ほどの三人の対応で機嫌が悪かった。「それならば、ここに『浮かれ女の扇』と書いておこう」

道長は局にあった文机から筆をとると、ほんとうに「浮かれ女の扇」と書いた。

紫式部の背筋が粟立った。せっかくの扇が台無しだ。

伊勢大輔が青い顔になっていた。

そのとき、朗らかな笑い声がした。

和泉式部だった。

「あはは。せっかくきれいな扇でしたのに」

その扇を構えると、和泉式部は筆を走らせた。

越えもせむ　越さずもあらむ　逢坂の
関守ならぬ　人な咎めそ

——男女の逢瀬の関を越える人もいれば、越えない人もいる。あなたは関守でもないのに、人のことを咎めないでくださいませ。

よい歌だな、と紫式部は思った。和泉式部という人は、素行は真似すべからずなのだが、歌はうまい。道長もそう思ったのだろう。機嫌を直したように笑みを見せると、道長は出ていった。

「ごめんなさい。和泉式部からせっかくもらった扇だったのに」

伊勢大輔が声を落とすと、和泉式部が背中をさすった。

「いいのよ。扇ならまたあげる。それに左大臣には一度言ってやりたかったし」

「それがあの歌ね」と紫式部が言うと、和泉式部が華やかに笑った。

「さすが紫式部さまっ」

「どういうこと？」と置いてけぼりを食らったような伊勢大輔が、紫式部と和泉式部を見比べている。

「歌の意味はわかったでしょ？」と和泉式部が笑っている。

「それはもちろん」

「その奥にある意味は？」

「……え？」

和泉式部が答えた。

「『お黙りやがれ。女を舐めるな』という意味よ」

三人は声をあげて笑った。

紫式部は涙が出るほど笑った。

和泉式部のいまの言葉こそ、『源氏物語』を通して道長にもっとも突きつけたい一言でもあったからだ。

「あーあ。笑ったら、お腹がすいた」

そう言うと、伊勢大輔と和泉式部がこちらを見た。

「鰯《いわし》が食べたい。あたたかい強飯《こわいい》と焼きたての鰯」と紫式部が言うと、伊勢大輔が「いいですね。鰯。おいしいですもんね」と笑い、和泉式部が「えー。おいしいし、好きだけど、においがつく。恋の邪魔」と嘆く。

結局、三人で鰯を焼いて食べた。


寛弘七年二月二十日、道長は娘の妍子を、東宮・居貞親王のもとへ入内させた。

居貞親王三十五歳、妍子は十七歳である。

同じ頃、紫式部は「若菜下」を出した。

「若菜上」でみなが注目している柏木の姿から始まる。

さらに冷泉帝の退位が続く。

冷泉帝は源氏と藤壺の不義の子であるが、同時に源氏の全盛期を象徴する帝。その帝が退位するのだ。

すでに物語に暗雲が立ちこめ始める。

源氏の住吉《すみよし》参詣。朱雀院の五十の賀。源氏の六条院での女楽。源氏の音楽論。楽しげな話と描写が続くが、読み手の最大の興味はそこではない。

柏木はどうなるのか。

だが、そのまえに紫の上の物語が挿入される。

「まめやかには、いと行く先少なき心地するを、今年もかく知らず顔にて過ぐすは、いとうしろめたくこそ。さきざきも聞こゆること、いかで御許しあらば」

――「ほんとうは、もう先も長くないような心地がするのですが、厄年の今年もこのように知らない顔をして過ごすのは、とても不安なことです。以前にもお願いした出家のこと、どうか許していただければ」と紫の上が源氏に懇願する。

紫の上の出家の願いを、源氏は聞き入れない。

紫の上は病に倒れる。

愛らしい幼少の頃からずっと苦楽をともにしてきた紫の上が病に冒され、六条院から二条《にじょう》院へ下がる姿に、読み手は源氏とともに狼狽える。

かつて桐壺《きりつぼ》帝が桐壺更衣《こうい》を比翼連理《ひよくれんり》と言ったように、源氏にとっての比翼連理は紫の上と多くの人が思っているだろう。

その比翼連理が奪われようとしている衝撃に呆然としている隙に、柏木が女三の宮に密通する――。


賢しく思ひ鎮むる心も失せて、「いづちもいづちも率て隠したてまつりて、わが身も世に経るさまならず、跡絶えて止みなばや」とまで思ひ乱れぬ。

――柏木は女三の宮を手に入れると懸命に自制していた心も消えて、「女三の宮をどこかへ連れて隠し、自分も世を捨てて、消えてしまいたい」と思い乱れた。

柏木は「前世の縁が深かったのだ。自分でもどうしようもない力がそうさせたのだ」と女三の宮に言うが、読み手は知っている。

これは源氏への因果応報なのだ、と。

「若菜下」が出てしばらくした頃、中宮御座所で女房たちが歌を詠んでいた。順番に即興で歌を詠んでいる。

彰子がその様子を楽しげに眺めていた。

紫式部は彰子のそばに控えている。『源氏物語』にはたくさんの歌が出てくる。登場人物になりきって、どんな歌を詠むかを考えるのは好きだ。けれども、即興で次々と歌を詠んでいくのは苦手なのだ。

女房たちのなかでは、和泉式部と伊勢大輔が頭ひとつ抜けていた。そのあとに、赤染衛門。この三人はいずれ劣らぬ歌を詠んでいる。

簀子に男の足音がした。

「中宮さま、ご機嫌はいかがか」

直衣姿で顔を出したのは道長だった。

女房たちが頭を下げ、歌を詠むのをやめる。道長が「続けてくれ。私も聞きたいから」と言うので、彰子が「そのように」と一言添えると歌詠みが再開された。

「ふむ。やはり和泉式部はできるな」

と道長が独り言のように眺めている。

仕方がないので、袙扇で顔を隠しながら紫式部が答える。

「左様でございますね」

道長が紫式部を横目で見た。

「新しい『源氏物語』、読んだ」

「ありがとうございます」

「怖い話を書く女だな」

紫式部は黙って次の言葉を待った。

歌が続いている。

「こんな華やかな歌を詠む女がいるのに、こちらではこれほど恐ろしい物語を書く女がいる」

紫式部は尋ねてみた。

「どこが、怖かったですか」

「光源氏の繁栄が崩れていこうとしている。まるで砂山が崩れるように。おぬしはそれをひとつひとつ丁寧に、いや執拗に書いている。おぬしには情けはないのか」

先日、かっとなって扇に落書きをした人間の言うことかと思ったが、口では別のことを言った。

「そのほうがはらはらしますから」

「おぬしはもしかして、物語の以前の部分に出てきたような美しいものや楽しいものを描くよりも、滅びゆくもの、朽ちてゆくものを描くほうが得意なのではないか」

「なれの問題かもしれません。『源氏物語』を書き出した頃といまでは、文章を書く力が向上しているのだと思います」

道長はしばらく沈黙した。

伊勢大輔が機転の利いた、彼女らしい春の歌を詠んでいる。

「物語としておもしろいのは認めるが、もう少し気楽に、政で疲れた心が癒やされるようなものにしてほしいときもある」

彰子が楚々と笑った。

「ふふふ。左大臣はお疲れのようですね」

と言われ、道長は大仰にため息をついてみせる。

「政治というものは疲れるものなのです」

それだけ言い置いて、道長は出ていった。

道長の足音がすっかり遠くになってしまうと、彰子は紫式部を近くへ呼んだ。

「左大臣はああ言っていましたが、『若菜下』、とてもよく書けていると思いましたよ。長い帖なのにまったく飽きることがない」

「畏れ入ります」

彰子は小さく苦笑する。

「左大臣、明らかに恐れていましたね」

「はい」

道長は、源氏の凋落の始めとなるこの「若菜下」を「執拗に書いている。おぬしには情けはないのか」「美しいものや楽しいものを描くよりも、滅びゆくもの、朽ちてゆくものを描くほうが得意なのではないか」と言っていたが、たしかに力を入れて書いた。

まさしく、道長を追い詰めるために執拗に書かれた物語なのだ。

「若菜下」の結論ははっきりしている。

若き日の源氏の放蕩の報いが、柏木という人の形をとって現れたのだ。

だが、源氏はそれにまだ気づいていないし、自らが凋落のなかにあることも理解していない。それどころか、最愛の紫の上の病も軽く見て、彼女の長年の夢である出家の願いをかなえてやろうとはしない。

源氏の言い分もある。冷泉帝が退位したといっても、自らは健康で位人臣を極めている。紫の上の出家の願いをかなえたら自分のほんとうの理解者が消えてしまう。第一、紫の上の病といってもすぐに治るだろう……。

ごく普通の心情だ。

この栄華は続く。大切な人は自分から去らない。病はすぐに治る――。

しかし、諸行無常は御仏の真理。愛する者と別れる愛別離苦も病の苦しみも、釈迦大如来が説いたとおりだ。

物語の源氏の心情が人間の心情によるとすれば、源氏に報いをもたらすのは釈迦大如来の心。因果応報の理である。

この「因果応報の理」こそ、道長が恐れているものの核だろう。

今日の地位を築くまでに、何人を踏みつけ、どれほどの敵と戦ってきたか。

中関白家だけでも、関白・道隆、定子、伊周がいて、さらに高階貴子の一族たちもいる。いくつかの呪詛事件には他家の者たちも加担していた。

それ以外にも、五男だった自分がのし上がるために、乗り越えねばならない壁は多かった。自分の兄の夭逝を喜ぶ心がなかったとは言わせない。

それらの人々が表舞台から去るときに、同時に家族や家臣たちがごっそりと道を変えられてしまうことも、あっただろう。

いま道長は摂政・関白まであと一歩というところに来ている。

ここで過去の悪因が悪果として襲いかかってくることを、道長は何よりも恐れている。自らの播いた種の刈り取りを、先延ばしにしたいと願っているだろう。

その恐れを、紫式部は逃がさない。

「以前、『左大臣さまの恐れるものを手にしつつある』とお話ししたのは、このことでした」

それだけではない。

紫式部は、物語最大の女主人公・紫の上を病に倒れさせた。

これは紫式部にもつらい決断だった。

『源氏物語』は、光源氏という男の物語であるとともに、紫の上という女性の一生の物語でもあった。

紫の上は、十分苦労してきた。

幼い頃に源氏にさらわれるように保護され、長じて彼の妻となった。正式な結婚ではないから妻としての地位は中途半端であり、源氏は源氏で外に女性がたくさんいる。

女性問題の醜聞で源氏が須磨《すま》に逃れたときには、寄る辺もなくひとりで都に残された。その孤独に耐えているときに、源氏はあろうことか明石の上《あかしのうえ》と結ばれ、姫を授かっている。その姫の養育をしながらも、紫の上自身は子を授からない……。

ずいぶんかわいそうな目にあわせ続けた作者で、ほんとうに申し訳ないと思っている。

けれども、ここで紫式部は、紫の上が厄年にあたることを思い出して、病に倒れさせた。

源氏自身が太政大臣を経て准太上天皇《じゅんだじょうてんのう》という、考えうるもっとも高い権力を手にし、繁栄を揺るぎないものとさせたところでの「女三の宮の降嫁」。長年、心労を積み重ね続けた紫の上が病に倒れる最後のひと押しにふさわしかった。

ただ病に倒れさせただけではない。

そのまえに、紫の上のかねてからの願いである出家の願望を、もう一度言わせた。

これもまた、道長への一矢であった。

願望そのものは道長にはどうでもよい。大事なのは「自らが大切に思っている女性のかねてからの願い」であり、それを認めなかった結果、その女性が病に倒れるというところである。

紫の上は源氏の北の方だが、紫式部が念頭に置いていたのは、道長にとっては彰子である。

彰子の「かねてからの願い」とは——一条天皇の一の宮・敦康親王の東宮擁立である。

道長が因果応報を恐れるように、彰子の願いをないがしろにした場合に悲劇が訪れる予感をも、「若菜下」に込めたのである。

先ほどの道長の反応を見る限り、一定の効果はあったと考えていいだろう——。

彰子がやや低い声で言う。

「人というのは愚かなものですね。他人より強く生きたいと策を弄したり、ずるをしたり、悪知恵で他人を出し抜こうとしたりするのに、そうすればそうするほど、のちのち恐怖に心がとらわれる。釈迦大如来に見られてもなんら後ろ暗いところなく、正々堂々と正しく生きることが、もっとも力強く人生を生きることなのに」

今回の「若菜下」への感想とも、道長への述懐ともとれる言葉だった。

ただ、紫式部の本音を言えば、書き上げて日が経つほどに「若菜下」の内容に不満が出てきていた。

こんなことは初めてだった。

女三の宮と柏木の不義密通まで描いたが、どうも区切りがよくない気がする。否。物語そのものが、まだ何かを訴えたがっている気がしていた。

だが、いまはそれどころではない。

紫式部は彰子に寄り添うように答えた。

「ここからが正念場ですね」

定子や伊周の影に怯《おび》える道長が、その血を継ぐ敦康親王を忌避することは容易に考えられる。敦康親王を護るための大きな山場にさしかかっているのだ。

そうね、とうなずいた彰子が背筋を伸ばした。

「追い込まれた左大臣は、おそらく主上に譲位を迫るでしょう」

紫式部は身内が引き締まる思いでその言葉を受けた。

そんなときに、ある事件が起きたのである。


妍子の入内が済んだ三月のこと。一条天皇は、権中納言・藤原行成を石山寺《いしやまでら》へ派遣した。

石山寺の如意輪観世音菩薩《にょいりんかんぜおんぼさつ》（如意輪観音）への祈願のためである。

十一日に祈願をし、十二日に行成は「讃岐《さぬき》の円座数百枚の上に伏す」という夢を見た。円座とは、藁《わら》などを用いて渦巻き状に編んだ敷物である。

祈願成就の夢告だろうかと行成は考えた。

二十日、帰京した行成が一条天皇に祈願の報告とともに夢告の内容を話した。

すると、一条天皇はこう言った。

「朕《ちん》も、同じ頃に夢を見た。僧侶が石山寺から如意輪観音経を持ち来たらす夢だった」

まさに祈願成就の兆しだと、一条天皇と行成は感悦、極まった。「中宮にも知らせてあげなさい」と一条天皇が命じ、行成は中宮の御座所へ向かったのである。

ところがそこに、左大臣・藤原道長が座っていたのである。

喜色満面の行成が、いきなり硬直した。

その刹那《せつな》、いつものように座していた紫式部は、まずいことになったなと直感した。

行成のあまりにもわかりやすい態度を、道長が気づかないわけがない。

「どうなされた。権中納言」

「あ、いえ……」

どういう内容で来たのかは知らないが堂々としていればよいのに、と紫式部が思っているあいだに、道長が詰めていく。

「そういえば、ここしばらく姿を見なかったようだ。権中納言が都をあけるとは珍しい。そのうえ、中宮御座所へそれほど嬉々として来るなどなお珍しい。主上からなんぞあったかな？」

行成は顔色をどす黒くさせて冷や汗をかいている。

とうとう彰子が助け船を出した。

「権中納言。延命長寿のための主上のご祈願で、石山寺へ詣でてきたとか。その様子では無事に済んだようですね」

行成は飛び上がるように顔をあげ、「は。左様でございます」と告げた。

道長はふんぞり返るようにして、軽く笑った。

「はっはっは。それはめでたい。主上の延命長寿こそ国の基。しかし、主上も水くさいことをなさる。そのようなご祈願の使いとあらば、この道長が自ら赴くものを」

行成が退散すると、「主上が次にそのような祈願をされると聞いたときには、ぜひお伝えください。中宮さま」と笑みを残し、道長も去っていった。

「少し、困ったことになりましたね」

と彰子がつぶやいた。

紫式部がそばに寄る。伊勢大輔と和泉式部も、こちらにやってきた。

例の「鰯」の日以来、このふたりにも彰子の目指すものについて話をしてある。

「石山寺のご祈願……敦康親王さまの……？」

紫式部が低い声で尋ねると、彰子が「おそらく」と肯んじた。

二月に東宮・居貞親王への妍子の入内が済んで、三月に一条天皇が祈願を立てる。次の東宮について祈願をしただろうことは、容易に考えられた。

一条天皇の本心は、一の宮・敦康親王の立太子にあるのは公然の秘密だ。

行成のあの様子、おそらく祈願成就の瑞兆《ずいちょう》が何かあったのだろう。それを知らせようとしたところ、運が悪いことに孫たちの顔を見に来た道長がいた、というところだろうか。

伊勢大輔はだいたい察したような顔をしている。和泉式部はわかっていないようだから、あとで話をしよう。

これに道長が気づいてしまったのは、たしかに厄介だった。

「左大臣さまのご意志で、立太子を提言してくれるように物語を作り上げているのですが……」

「主上がそちらの方向で強く推し進めようとしているとわかれば、意固地になるのが左大臣の性格……」

伊勢大輔が「后腹の一の宮が立太子できないなど……」と、渋い表情をしている。いままでの会話で何かわかったのか、和泉式部が「左大臣さまみたいな男って、そういう面倒くさいところがありますよね」と彼女らしい相づちを打っていた。

かといって、一条天皇に祈願などやめてくれなどと言えるわけがない。

これだけ敦康親王にこだわるのは、一条天皇の意向によるものだけではない。

敦康親王がとてもすぐれた人柄だからだ。

漢籍の才能は誰もが認めるところであり、その心もきわめて立派だった。

道長の嫡男・頼通とは実の兄弟のように仲がよく、彰子が産んだ異母弟たちのこともたいへんかわいがっている。

誰にでもやさしく接し、誰からも愛される人柄は、一条天皇と生母・定子のよいところを受け継いだのだと彰子は言っていた。しかし、紫式部にしてみれば、育ての親である彰子がわが子同然に慈しんだからこそ、このようにまっすぐ育ったのだと思っている。

敦康親王自身の努力もあっただろう。

生まれがよいからとそれを鼻にかけ、驕慢《きょうまん》な人生を生きて自滅していく人間はあとを絶たない。敦康親王の伯父の藤原伊周のように。

そのような方だから、東宮になってもらいたいのだ。

行成の失態から数日経って、伊勢大輔が紫式部を局に呼んだ。

「女蔵人たちの噂話を小耳に挟んだのですが……」

と前置きして、伊勢大輔はその「噂話」を報告してくれた。

内容は、敦康親王にまつわること――正しくは、敦康親王の生母・定子に関することである。

――定子は高階貴子の娘。高階氏の一族には、在原業平《ありわらのなりひら》と伊勢斎宮《いせさいぐう》・恬子《てんし》内親王が密通して生まれた高階師尚《もろひさ》がいて、定子はその血を受け継いでいる。師尚は、不犯を定められた斎宮を穢《けが》して生まれた人物。そのような人物の血が流れる敦康親王は、神事を行う天皇の位にふさわしくない……。

伊勢大輔の話が終わると、紫式部は右上のほうに視線をさまよわせた。

「その噂の出所、左大臣さまかもしれない」

「はい」と伊勢大輔が短く答える。

これは以前からある「噂」だった。

在原業平を主人公に模したとされる『伊勢物語』が、そのように読めるから、というのが理由である。曰く、伊勢権守《いせごんのかみ》兼神祇伯《じんぎはく》であった高階峯緒《みねお》が、不義の子である師尚を引き取って自らの息子・茂範《しげのり》の養子として隠蔽した、と。

紫式部は額に手を当てた。

「物語だけの話で真偽未詳。これを言い出したら、そもそも皇后宮《こうごうぐう》さまの入内が過ちになり、皇后宮さまを寵愛した主上の罪も問うことになるでしょうに」

皇后宮とは定子のことである。

おそらく、『源氏物語』を読みすぎた道長が「そういえば『伊勢物語』に」と思いついたのだろうが、甘い。

一条天皇は、定子をひどく愛した。そのため、一度出家した定子を呼び戻したほどである。どうせやるなら、「伊勢神宮を穢した血を引く定子を皇后としたがゆえに、三種の神器のひとつの八咫鏡が焼けたのだ」くらいまでつけるべきだ。

「この噂、女蔵人たちの反応は？」

「半信半疑というか、そういうこともあるかもね、くらいの軽い受け止め方です」

「でしょうね」

伊勢大輔が少しにじり寄ってくる。

「何か、私や和泉式部から打ち消すような噂を流しましょうか」

紫式部が視線を動かして庭を見た。

もうすぐ夏。緑が濃くなってきている。

しばらく考えて、紫式部は決めた。

「放っておきましょう」

「え？」

「釈迦大如来曰く、人の噂は七日で収まる。あるいは俗に、人の噂も七十五日。この程度の噂、直に消えてなくなるでしょう。その目で敦康親王さまを拝見した者なら、なおさら」

『源氏物語』を使って打ち返すほどもないだろう。むしろ、敏感に反応しすぎて、道長が『源氏物語』を素直に読まなくなるほうが困る。

いま語った言葉が、打ち消しの言霊となろう。

噂が大きく広がったり、一条天皇の耳に入るようなことがあれば対処すればよい。

「大丈夫でしょうか」と伊勢大輔が、若さゆえの心配を見せる。

「大丈夫。敦康親王さま自らのお姿が、何よりの反論になりますよ」

白い蝶が、花を求めてたゆたっていた。

七月十七日、のびのびになっていた敦康親王の元服がとりおこなわれた。

清涼殿に一条天皇が出御し、加冠は道長が務めている。

敦康親王は三品《さんぼん》に叙された。

十二歳の敦康親王が、真新しい冠をつけて現れると、彰子が喜びに身を震わせている。彰子は洟《はな》を小さくすすり、立派に育った「わが子」を褒め、剣と笛を贈った。

輝くばかりの姿とは、この日の敦康親王だ。

隠しきれぬ喜びに、少し誇らしげな笑顔は愛嬌があり、誰からも好かれる容貌をしていた。

紫式部が予想したとおり、この敦康親王の姿に「女蔵人たちの噂話」は露と消えたのである。

事実、敦康親王を悪く思う人間など、彰子の周囲には誰もいないだろう。

ただひとり、加冠を務める道長を除いては……。

第三章　一条天皇

寛弘七年は穏やかに過ぎ、十一月二十八日に再建された一条院内裏に一条天皇は還御した。

彰子はもちろん、紫式部たちも一緒だ。

新しい建物に使い慣れたしつらいを配置し終え、伊勢大輔が新しい中宮御座所で深々と息を吸った。

「新しい木の匂いといままでの薫香が混じって不思議な心地ですね」

「やっと枇杷殿になれてきたところだったのだけど」

和泉式部が嘆くと、若い女房たちが「ほんとうに」とうなずき合っている。

赤染衛門ら、年上の女房たちが苦笑していた。

とりあえず、今年はここまでは穏やかに過ぎた。敦康親王の元服がこれまでのすべての厄を祓《はら》ってくれたようだと、紫式部は有り難く思っている。

「新しい局になって、『源氏物語』の執筆がはかどりますね」

と伊勢大輔。彼女は新しい一条院が気に入ったようで、にこにこしている。

「あー。執筆。そうですね……」

「紫式部さま?」

紫式部は、無邪気な伊勢大輔からつと目をそらした。執筆のためのひまが欲しいといつも思っているのに、いざひまができるとなぜ筆が止まってしまうのだろう……。

真新しい局の文机が、無言の圧力をかけてくるようだった。

還御に伴い、公卿たちも参内して挨拶に訪れる。

久しぶりに大納言・藤原実資がやってきた。

形式通りの礼を済ませると、実資は声を潜めた。

「一条院内裏が再建なったのはすばらしいのですが、主上は内裏には戻られないのでしょうか」

紫式部が目配せすると、伊勢大輔たちが少し離れたところで、こちらに背を向けて座った。話を漏らさないためである。

「主上は、依然として内裏に戻れば再び内裏に火が起こるのではないかと、考えていらっしゃるようです」

彰子が嘆くと、実資はさもありなんと小さくうなずいた。

「中宮さまのお耳に入れるのは心苦しいのですが、この一条院内裏に主上がずっといらっしゃることがはたして正しいかどうか……」

一条院内裏に一条天皇が居続けるのは、道長にとって都合がよい。いざというときには、道長の父のやり方を真似て自ら望む皇族を担いで内裏に入れればよいからだ。

内裏に戻らない一条天皇は、そのまま一条院を譲位後も使えばいいのである。

また、一条院の再建は、火災を恐れて内裏に戻らない一条天皇に対して、ある種の「恩」を着せることになる。

そのような思惑を嗅ぎとらせないために、道長はひたすら一条天皇に仕えている。

だが、一条天皇が敦康親王の立太子を断念すると公的に宣言しないかぎり、いや彰子の産んだふたりのどちらかを東宮と定めないかぎり、道長は安心できない。

一条院を建て直し、調度の数々を運び入れ、誰にも負けぬほどに天皇に貢献したあと、おもむろに自分のやりたいことに着手する——それがおそらく道長の狙いだろう。

そのようなことを実資は推し量ってみせた。

当代一の教養人の言うことである。かなりの精度があるだろうと、紫式部は思った。

では、どうするかとなれば、すぐに答えは出てこない。考えあぐねる。

ふと、実資がしわの深くなってきた顔を紫式部のほうに向け、笑った。

「ふふ。紫式部どのも、中宮さまの女房として自信がついてきたようですな」

「え？　あ？　私ですか」

予想外の言葉をぶつけられて、つい「地」が出る。

「あはは。そんなふうにされると、以前の紫式部どののようですな」

「非才なるわが身、年をとるだけで、いっこうに――」

その先は口のなかでのみ込んでしまった。

「いやいや、ご立派になられました。中宮さまも安心でしょう」

などと実資がおもしろがって言うと、彰子までもが、

「紫式部は私の大切な女房として、ほんとうによくやってくれています。物語書きとしては言うに及ばず、宮中の宝のひとつですね」

とか言うものだから、紫式部は耳まで熱くなった。

「このような身で、まこと申し訳なく……」

そのときである。

簀子から年をとった男の声がした。

「笑う門には福来たる。楽しげなのはよいことよ。結構、結構」

見れば、賀茂光栄が簀子に立っている。衣裳は相変わらずすごいものだったが、目がとても清げで無邪気に笑っていた。

「これは、これは。賀茂光栄さま」

実資が慇懃に礼をしたが、光栄は軽く手をあげて答える。正二位《しょうにい》大納言の実資と大炊頭の光栄では比べものにならない身分差があるが、これでは光栄のほうが上位者のようだった。

光栄は綿毛のように軽やかに御座所に座る。

「左大臣に呼ばれて来ていたが、こちらのほうがにぎやかで楽しそうだ」

「畏れ入ります」と紫式部は扇で顔を隠したままだが、頭を下げておいた。

すると、光栄はその紫式部を見やると、明日の空模様を占うような気軽さで告げた。

「来年早々には、左大臣は動くぞ」

その言葉が聞こえた全員の動きが止まる。

「光栄さま、それは――」と紫式部がやっとのことで問い返すと、光栄は実資を見た。

「年末までに予定されている敦康親王さまが一条院内裏に入るときに、左大臣は出席しないつもりらしいな？」

光栄は楽しげだが、実資は苦い顔をしている。

「まだ話していませんでしたが、噂ではそのように聞きました。まさか、左大臣から直にお聞きになったのですか」

「ふふ。まさか。私は陰陽師だぞ？」

光栄がそう見立てたのだろう。

神のようにすぐれた占いをすると称された光栄の言葉だった。

紫式部はひどい疲労を覚えた。「敦康親王さまが内裏に入るときに、左大臣は出席しない」という言葉がほんとうだとすれば、道長の心を敦康親王の側に留められていない意味になる。

自分がこれまで書いてきたものはまったくの無駄だったのだろうか。

すると、その心の声が聞こえたかのように光栄が続けた。

「無駄ではないぞ。おぬしはよくやった。『源氏物語』は道長にとって閻魔大王《えんまだいおう》の裁きのように立ちはだかろうとしている」

「では、どうして敦康親王さまが内裏に入るときに欠席など」

「怖いからだよ」と、光栄は耳の後ろをかきながら答えた。

紫式部の頭に、元服のときの敦康親王のありさまが思い浮かんだ。それで十分だった。それほどに、あの日の敦康親王は立派だったのだ。

中宮の御座所が静まりかえった。
紫式部と同じことを考えたのかもしれない。
沈黙を破ったのは彰子だった。
「では、敦康の将来は厳しいのですか」
光栄はしばし目を閉じ、告げた。
「どのようにでも変更の余地はある。ただ、来年早々、道長は動こうとしていること
は間違いない。――いま言えるのはそこまでだな」
光栄と実資は連れだって中宮御座所を辞する。
紫式部はしばらく考え、御座所から出た。

紫式部の局に、道長が来た。

「珍しいではないか。おぬしから私を局に呼ぶなど」

道長は局の入り口近くに腰を下ろし、柱に背を預ける。

紫式部は持っていた筆を置いた。

目の前の紙にも木簡にも、何も書かれていない。書けなかったのだ。

「わざわざお呼びして申し訳ございません。いつも『源氏物語』をお読みいただいて、まことにありがとうございます」

「礼を言われると、かえって恐ろしいな」

道長が苦笑している。

目がすでに笑っていない。

紫式部は唾をのみ込んだ。扇で顔を隠していなければ、逃げてしまっているだろう。もっとも、ここは自分の局だから、逃げようにもどこにも逃げられないのだが……。

「実はここから先の物語に、多少、頭を悩ませていまして」

「ほう」

「いろいろな方にご意見をいただいているのですが、左大臣さまはこれからの『源氏物語』について、このような話が読みたい、というのはありますか」

ふむ、と唸って道長は髭をなでた。

「やはり、源氏にはさまよくあってほしいものだな。弱っている源氏やめそめそしている源氏は見たくない――」

道長の「要望」を聞きながら、紫式部の緊張がほどける。道長の意見は、紫式部の構想とまったく反対の方向だった。「さまよし」――かっこいい源氏を見たい、という気持ちはわからないではない。

しかし、冬の寒さを経てこそ春の花は美しい。

見方を変えれば、雪景色も最上の無垢の絹布のような美しさがある。

道長は物語作者ではない。あえて言うなら、「物語の登場人物」に近いのだろう。

道長は自らを光源氏と模して読んでいる節があるが、それはまっとうな読み方でもあるのだ。

「貴重なご意見、ありがとうございます」と、紫式部はよきところで頭を下げた。「ところで、源氏の邸宅である六条院に盗人《ぬすびと》が入る、というような話はいかがでしょうか」

「好かぬな」と道長は言下に答えた。「六条院はきちんと家臣たちもいて守りも十分だろう。何しろ、源氏の后たちがすべてそろっているのだし。だいたい盗人などというのは、零落した家に入るもの。こう言っては悪いが、伊周どののところのような」

「おっしゃるとおりですね。ただ、数年前、大晦日に中宮さまのところへ盗人が入った例もございますれば」

道長が鼻を鳴らした。

「ふん。そんなこともあったな。しかし、あの日は人手が少なくなっていたのが災いしただけで、以後そのようなことはあるまい」

はい、とうなずいて、紫式部はしれっと言った。

「あのときの盗人は、まだ捕まっていませんね」

「そうか」

「大納言右大将さまが力を尽くしてくださいましたのに」

実資のことである。道長の政敵でもある。

「大納言どのも、大したことはないな」

「そういえば、あの夜、左大臣さまは『おぬしでなくてよかったな。……次はわからぬが』とおっしゃいましたね」

「物語作者のおぬしに何かあっては『源氏物語』が続かぬからな」

道長が肩を揺らしていた。

「私も盗人と対峙したのですが、そのときに妙なことがあったのです」

「ほう？」

「私を紫式部と知って、盗人は危害を加えるのをやめたようなのです」

「まさか」

「『あれは紫式部だ。手を出すな』とはっきり言っていましたから」

「…………」

「誰か黒幕がいて、事前に襲ってはいけない人物を指示されていたように思われるのです。たとえば、『紫式部は物語を書かねばならないから、襲うな』とか」

「――何が言いたいのだ」

道長の声が低くなった。

明らかに不機嫌になっている。

恫喝《どうかつ》だ。

女の紫式部なら、このような軽い恫喝が効くだろうと思ったのだろう。

朝議の席や実資を相手にしているなら、もう少しのらりくらりとした顔を見せるだろうに。

くやしいが、あたっている。

最初から逃げてしまいたいと思っていた。

そう思うだろうからこそ、紫式部が多少なりとも強気に出られる自らの局に、道長を呼んだのだ。

そこまでしてこんな会話を仕掛けたのには、理由があった。

物語とは別に、「言霊」の力を道長にぶつけようと思ったからだった。

葉文庫
40周年
社
クレヨンしんちゃん×たばぶー
双葉文庫公式キャラクター
イラスト:臼井儀人&UYスタジオ／くにのいあいこ

寛弘五年、彰子が敦成親王を産んだ年の大晦日に起こった盗人事件の黒幕について、彰子や紫式部は「道長が裏で糸を引いていたのでは」と考えていた。

それを面と向かって問いただしても、道長が——仮に黒幕だったとしても——そうだと認めるとは考えられない。

だから、言わない。

言わないことで、道長は想像し始めるはずだ。

最後には、「紫式部にはすべてバレている。ということは、中宮さまにもすべてが知られている」と思い詰めてもらえれば、勝ちである。


光栄は、道長が敦康親王を恐れていると言った。

恐れている政敵を、道長がどうするか。

まずは懐柔する。

除目《じもく》でよい処遇をしてやる。さらには適度な距離をとる。敬して遠ざけるのだ。

たとえば、実資に対してそのようにしているように見える。

だが、その人物がそもそも抜きがたい地位を占めている人物の場合、道長は物心両面で支援をするだけして、圧力をかける。

寛弘五年の盗賊騒ぎも、中宮への圧力だったのではないか。

何かあれば自分の身も護れぬのが後宮。だからこれからも、父である道長を頼り、言うことを聞き、庇護されていよ、と。

だが、道長が思うよりも彰子は強く、紫式部たちもがんばった。

彰子は二児の母となり、名実ともに一条天皇を支える中宮として輝いている。

もう手が出せない。

しかし、敦康親王には手が出せる——と考えるかもしれない。

『源氏物語』で追い詰められた道長は、敦康親王に圧力をかけるかもしれない。

万一にも敦康親王に落命や落飾、臣籍降下があってはいけない。

平たく言えば、「おまえのやり方は知っているぞ」と道長に無言のうちに知らしめようとしているのだ。釈尊《しゃくそん》は降魔成道《ごうまじょうどう》の折に、悪魔の十の軍隊を指摘することで魔を打ち破ったとされる。同じようにして、道長の動きを封じようとしているのだった。

「盗人どもは礼節も忠義も何もないですね。どんなに意見の異なる相手とでも、きちんと朝議の場で議論を尽くす左大臣さまの爪の垢を、煎じてのませたいところです」

紫式部がそれと気づかれないほどに言葉に力を込める。

「ま、まあな」

「仮に左大臣さまが気にくわない相手に盗人をけしかけるような政であれば、必ずやその報いがあるでしょう。それが釈迦大如来の御教えですものね」

敦康親王に手を出せば、道長も道連れだと、紫式部は言っているのだ。

「不昧因果《ふまいいんが》――因果は昧すことができないからな」

紫式部は肩の力を抜いた。

「話がわき道にそれて申し訳ございませんでした。お忙しいところ、お話を伺えまして感謝申し上げます」

「もうよいのか」

「はい。主上も中宮さまも、次の話を待ちわびていらっしゃいます。私が人の話ばかり聞いていては、物語ができませぬゆえ」

道長が皮肉そうな笑みを浮かべる。

「どうせおぬしは、私の言うことなど一顧だにせず、書きたいものを書くのだろう?」

「まだ決めておりません」

「いや、きっとそうするさ」

と道長は断言したが、急に沈黙した。

庭の遣り水から鴨が飛び立つ羽音がする。

「どうかされましたか」

「――源氏の最期なのだが……救ってやってくれぬか」

紫式部が眉をひそめた。

「救う、とは……？」

道長が疲れた表情を見せる。

「おぬしにどう見えているかわからぬが、政の世界は疲れるのだよ。何事もなく順調に一年が過ぎるなどということはない。小さな問題は月に一度は起き、大きな問題は年に一度は起きる。そのたびに身を削られる思いをするのだが、一方ではそのような揉めごとがないとつまらなくなってしまっている自分がいる」

よい政をしたいからこその権力争いだったのが、気づけば権力そのものが目的となって、執着し、すり鉢地獄にはまっていく。

光源氏は権力の頂点を極めた。准太上天皇なる位は、道長であっても到達しえないだろう。その偉大な権力者の源氏が、最後には現世の迷いとしがらみと権力への飢渇から心を入れ替えて御仏の救いの世界へ参入できねば、現世の公卿たちにも救いがないと、道長は言うのだった。

「たしかに」

紫式部は答えたが、心中で眉につばをして聞いている。

道長は、紫式部の「情」の部分に訴えているのだ。

出仕したての頃の紫式部なら、道長の言葉に涙し、「必ずや御仏の慈悲に救われるようにしましょう」と約束してしまっていたかもしれない。

結果、徐々に道長の言うことを忖度し始めるのだ。

しかし、紫式部も出仕して五年が経とうとしている。

そのあいだ、嫌なもの、汚いものをたくさん見てきた。

先輩格の女房たちのいじめに始まり、呪いと恨みに固まった伊周の最期まで、見ないで済めば幸せだった。

けれども、おかげで道長の魂胆から距離をとるほどの智恵は身についている。

源氏の最期に、釈迦大如来の慈悲が欲しいというのは、読み手としての道長の意見でもあるだろう。

だが、読み手としての道長が、左大臣としてのにおいを含ませて意見するなら、紫式部はそれを拒絶する。

「焦らぬことです」

「季節が巡るように、なるべき方がなるべき位につかれるように、来世の幸不幸も今世の心と行いでなるべくしてなるのです」

「御仏の教えにも詳しいのか」

「ものの道理というものです。私は、すべてを釈迦大如来の計らいと信じ、精進するだけです」

道長は独り言のように言った。

「敦康親王のあとで、敦成親王でも、結局はなるようになるということか」

「御仏の御心のままに」

「なるほどな」

と道長は出ていった。

なすべきことはなせた、と紫式部は思った。

敦康親王のあとに、敦成親王らが皇統を継げばいい。わかってしまえば単純な理屈だ。それで万事収まる。それがものの道理、御仏の心かもしれないと、道長は考えてくれただろう。

盗賊騒ぎの黒幕として糾弾されるより、よほどよいはずだ。

「うむ?」

道長は、紫式部が思うよりも小心なのではないかと思った。

北風が強く吹いている。

来年はどのような一年になるのだろうと、紫式部は目を閉じた。


寛弘八年の正月、道長は金峯山《きんぷせん》詣でのために枇杷殿に籠もって身を清め、長精進を始めた。

「左大臣、誰も口出しできぬ方法で参内を拒み始めましたな」

中宮御座所へ新年の挨拶に訪れた実資が、紫式部に小さく愚痴った。

一条天皇への圧力である。

左大臣がいなければ除目ができない。仕方なく、右大臣・藤原顕光に除目を主催させようとしたが、実資をして「顕光の間違いをいちいち日記に書き留めていたら、筆がすり切れてしまう」とまで言わせた男だ。除目はまともに運営できず、ついには御湯殿所の板敷の下に人の首が置かれ、死穢《しえ》にまみれる不名誉なこととなった。

一条天皇への圧力はそれだけではない。

参詣そのものが圧力なのだ。

道長はすでに左大臣という地位にあり、娘の彰子はふたりの皇子を産んでいる。

これ以上、何を祈ることがあるかと問えば、摂政・関白しかない。

そのためには、自らの孫が天皇の位につかなければいけない。

その実現は、まず一条天皇の譲位から始まるのだ。

「主上は三十二歳という若さですが、在位は二十五年近く。東宮の居貞親王は主上より年上で、すでに三十六歳。譲位があってもおかしくないことはたしかなのですが」

実資が苦々しくしている。

「光栄さまがおっしゃっていたことは、これなのでしょうか」と紫式部が問う。

返事はいらなかった。


二月には、道長の嫡男である権中納言・藤原頼通が春日詣《かすが》でをした。

すると、上から下まで、貴族や役人の多くがこぞって春日詣でに同道したのだ。

道長の命令である。

宮中ががらんとしたどころの騒ぎではない。一条天皇の食事を運ぶ係の者までいなくなってしまったのだ。

彰子は怒りを通り越して涙をこぼしていた。

「なんという情けないことを。権中納言もまだ若いのに、そのような謀《はかりごと》に手を染めるなど……」

彰子の涙に、紫式部も胸潰れる思いだった。

同じ二月には、紫式部の父・藤原為時《ためとき》が越後守《えちごのかみ》に任じられ、領地へ赴いている。為時には紫式部のきょうだいの藤原惟規《のぶのり》も同行した。

父が越後守となったのは喜ばしいことだったが、これは道長から自分への懐柔ではないのか。

惟規が同行したことも、紫式部は苦々しく思っていた。

道長との話で触れた寛弘五年大晦日の盗賊騒動のときに、紫式部が「兵部の丞《ひょうぶのじょう》という蔵人がいるはずだから、呼んできなさい」と言ったが、その兵部の丞こそが惟規なのである。

そのときは不在だったとはいえ、盗人騒動のときに名を出した惟規が、こう都合よく都を離れるだろうか。

わざと遠地へ遠ざけられているようで、すっきりしない。

為時と惟規が越後国へ赴いてしばらくして、紫式部のもとにある知らせが届いた。

惟規が越後国で客死したのである。

喪失感が、紫式部の身体のなかを空っぽにした。

惟規の死も道長の陰謀ではないかと疑うだけの気力は、なかった。


紫式部はなけなしの気力をかき集めて、文机に向かう。

彰子を護る。主上を護る。

その一念だけで、紫式部は筆を摑んでいた。

一文字一文字、心そのものを削るような思いで書いていく。

私の『源氏物語』よ、世を照らす光の一助となれ――。


三月になって、道長は長精進を断念した。

道長のやり方に密かに反発する者が枇杷殿に犬の産穢《さんえ》を投げ込んだり、代理の僧都に腫れ物が出たりと、穢れが相次いだからである。

道長は再び一条天皇の忠臣の面をかぶった。

ゆがんだ面である。

そのゆがみが、五月には怪異となって現れた。

敦康親王の邸に瓦礫《がれき》が投げ込まれる音が続くというのである。

賀茂光栄が呼ばれ、占がなされた。

いつも飄々としている光栄が、卦《け》を見て目つきを変えた。

「これは敦康親王さまの問題ではない。主上にお慎みが必要である」と。

ある出来事があとになってみて、「ああ、これが物事が変わる始めだった」とわかるのは容易だろうが、そのときにはなかなかわからないものだ。

おそらく、このとき光栄はもっと多くのことを読んでいたのではないかと、紫式部はのちに考えている――。


五月二十一日、紫宸殿《ししんでん》で一切経《いっさいきょう》の供養があった。敦康親王邸の怪異のこともあり、彰子や紫式部も心を込めて参列した。

翌日、一条天皇は彰子のところへ渡ったが、変異はその夜、起こったのである。

一条天皇が倒れたのだ。

彰子は慌てて道長と側近の行成を呼んだ。

だが、行成はこのとき、どういうわけか一条天皇と同じ症状で倒れ、動けないでいたという。

道長が駆けつけた。

一条天皇はもともと頑健なほうではなかったが、このときはひどかった。「悩乱の気あり」と見られるほどだったという。

だが、まだ若い。

やがて快方に向かうだろうと誰もが思っていた。

ところが、道長は二十五日に奇妙な行動に出る。

譲位についての占を立てさせたのだ。

それも、陰陽道の大家である賀茂光栄にではなく、陰陽寮の他の者どもにでもなく、儒者で願文の代筆などをする大江匡衡に占わせたのである。

一方、病で動けない行成だったが、一条天皇の容体については続々と知らせが送られた。蔵人頭が報告する内容によれば、徐々に回復しているとのことで、行成は胸をなで下ろしたという。

このまま主上は元気になるだろうと、行成は自らの病の回復に努めた。

しかし、二十七日になっても病が癒えない。

行成は怪しんだ。わが病は、主上が倒れるのと同じくして現れたもの。そのわが病が未だに癒えぬなら、主上もまた病み、苦しんでおられるやもしれぬ。

そうして病の身をおして参内してみると、天皇付き女房たちが泣いているではないか。

「重い病ではなかったはずなのに、まさか世代わりになろうとは」

との嘆きを聞いて、行成は血の気が引いた。

「いったい何事か」と問うてみるが、「占いが」「主上のお命が」と、みなばらばらなことを話すのでなかなか要を得ない。

「主上のお命などと軽々しく口に出すものではない。ゆっくりでいいから、きちんと話してみよ」

やっとのことで聞き出した内容は、行成の予想をあまりにも超えるものだった。

行成の参内から、一日戻る。

彰子は、一条天皇が伏す夜御殿のそばの上の御局で、気が気ではないときを過ごしていた。

そばには紫式部たち女房がいるが、彰子自身はひたすら神仏に祈っている。

二十五日、道長は大江匡衡を呼び、占いをさせた。

それはわかっている。

以後、宮中の空気ががたがたになっているのを察していた。

道長と匡衡とのあいだに何があったのか。

彰子たちは大江匡衡の妻である赤染衛門から詳しく話を聞くことになった。

「占いをするのに、なぜ大江匡衡どのなのですか?」

彰子が当然の質問をしたが、赤染衛門も首を横に振るばかりである。

彰子も紫式部も怪訝な表情を浮かべた。

ともかくも、匡衡は占をした。

結果、途方もない卦を出す。

「豊《ほう》の明夷《めいい》」

赤染衛門を通してその結果を聞いたとき、事の重大さを真っ先に理解したのは紫式部だった。

思わずめまいを覚えて身を倒した紫式部に、彰子が慌てた。

「紫式部、しっかり。これはどういう意味なのですか」

紫式部がなんとか身体を起こして、説明する。

――豊の明夷とは明らかなるものが破られる、の意。

凶の卦である。

それも、醍醐天皇と村上天皇のふたりが死に瀕したときの卦だった。

このふたりは、一条天皇が尊敬して止まない為政者像である。

のみならず、今年は「移変の年」として、一条天皇にまたしても慎みが求められていた。

道長は、もしかしたら匡衡に「自分が欲する卦」を出させようとしたのかもしれない。それはおそらく、譲位をすべしと解釈できる卦だったろう。

しかし、出た「豊の明夷」という卦は、それを超える。

一条天皇の崩御を告げていたのだ……。

紫式部がそう説明すると、彰子が青ざめ、震え始めた。

「紫式部」

彰子が震える手を差し出す。

紫式部はその手をしっかり握った。

大納言の君や伊勢大輔、和泉式部ら御座所の主だった女房たちが言葉を失い、悄《しょう》然《ぜん》とするなか、赤染衛門が続けた。

「その卦を見て、左大臣さまも匡衡も恐れおののいたのでございます――」

あまりに重い卦である。

道長は、ひとり自分の胸の内で黙っていることができなかった。

誰かに話すことで、背負った卦の重さを減じたいと思ったのだろう。

だが、誰に言えるか――。

道長はふらふらと夜御殿の隣へ立ち入った。

そこには隣で伏している一条天皇を護持する侍僧の慶円《けいえん》がいた。

心が弱った道長にとって、病に倒れた一条天皇を護る侍僧の慶円の姿は、如来菩薩のように心強く見えたのかもしれない。

道長は慶円に、「豊の明夷」の占文を見せた。

慶円は修行を積んだ僧には違いないが、神仏ではない。重すぎる卦に衝撃を受け、道長とふたりで涕泣《ていきゅう》した。

道長と慶円のすすり泣く声が、伏せっている一条天皇の耳に届いているとも知らず。

一条天皇は、几帳《きちょう》の帳《とばり》の継ぎ目から、すべてを見ていたのである。

彰子がよろめいた。

「中宮さま」と紫式部が言い、彰子の上体を支える。

「ありがとう、紫式部」と彰子は答え、気丈にも姿勢を元に戻した。

「大丈夫ですか」

「私は大丈夫。けれども、これで主上の病がほんの一時快方に向かったものの、急に悪化したのかの理由がわかったように思います」

紫式部はどう答えていいかわからない。

とうとう、赤染衛門が、わっと泣き出した。「匡衡が、とんでもないことをしてしまいました」と、額を擦り付けて平伏している。彼女と親しい、年かさの女房たちが「ここは主上の夜御殿も近いのだから」と言いつつ、慰めの言葉をかけた。

そう。問題はそこではないのだ。

言霊だ、と紫式部は思った。

負の言霊だから呪いと言うべきだろう。

匡衡の占も、道長と慶円のやりとりも、別の場所、別のとき、別の人が聞いたのなら、ただの噂話で済んだかもしれない。あるいは道長の不敬や、悪ければ謀叛を問われただけかもしれない。

しかし、最悪の場所で最悪のときに、もっとも聞かれてはならぬ方に聞かれてしまった。

言葉が力を得たのだ。

在位二十五年。紫式部のような下々の者には計り知れない、心を削られるような日々を重ね、ただただ仁政を目指していた一条天皇のなかの何かが、その言葉で砕けたのだ。

火に入れられた藁が燃えとけるように、日の出のあとの霜のように、一条天皇の命が急激に尽きようとしている。

せめてこの話を――一条天皇が重篤であることを、宮中に広がるのを防げれば、あるいはなんとかなるかもしれない。

もしくは、「豊の明夷」を奇貨として道長が譲位どころか、一条天皇の崩御を狙う意図があったと摑めれば、巻き返せるかもしれない。

だが、道長がそのような言質《げんち》をくれるとも思えないし、道長自身、もしかしたら、もはや自分の本心がわからないほどに混乱しているかもしれない。

自らが放った言葉にわれを忘れているのだろう。

一条天皇付き女房たちはすでに仔細を知ってしまったようで、悲しみと恐慌の極みに陥ってしまっていた。

行成が参内したのは、その翌日のことだった。

空気が動き、人も動いた。

行成や道長が内裏をあちらこちらに急いでいるという。

しばらくして、一条天皇と行成の話し合いの様子も伝わってきた。


行成は一条天皇に呼ばれ、御座所に入った。

一条天皇の病を除くために、今日から三日間、仁王経《にんのうきょう》の不断の読経が行われる手はずになっていたが、そのまえに呼ばれたのである。

行成が参上すると、一条天皇は言った。

「譲位するときが来た」

すでに女房どもから一条天皇に何があったかは聞いている。

一条天皇は、怖いほどの静謐《せいひつ》さで行成を見つめていたという。

続けて一条天皇はこう言った。

「一親王たる敦康親王について、いかにすべきであろうか」

行成は敦康親王の家司《けいし》だったからでもある。

すぐに行成は言上した。

「敦康親王さまについて思い嘆かれること、当然のお気持ちと察します」

そのあと、行成は文徳《もんとく》天皇の故事を話した。

文徳天皇は愛妃の産んだ第一皇子・惟喬《これたか》親王に皇統を継がせようとした。だが、実際には藤原氏の重臣が外祖父だった第四皇子が皇太子となり、ついには清和《せいわ》天皇として即位したのである。

いまの世において、力を持った重臣外戚は道長である。一条天皇が敦康親王を東宮にと望んでも、道長が承知しないだろう。

東宮に立てられても引きずり下ろされた例もある。

敦康親王を東宮に立てても、不遇の身となるのは敦康親王自身――。

これが行成の回答だった。


それを伝え聞いて、彰子は珍しく不快感をあらわにした。

「行成。敦康の家司でありながら、なんということを……っ」

行成が「すぐに」返答したところから、彼の本心だったのは間違いないだろう。

あるいは、これまでの一条天皇との内密の会話で、同様の意見を発言したことがあるのかもしれない。

一条天皇も彰子も、敦康親王を東宮にしたいと考えている。それは行成とて百も承知のはずだった。

しかも、十三歳の敦康親王を東宮にし、皇位を継承させたとして、残る四歳の敦成親王と三歳の敦良親王をないがしろにしようというわけではない。敦康親王が天皇になったあと、しかるべきときに東宮にし、皇統を継がせようと考えていた。これも、行成にも知らされていたはずだ。

「行成どのは左大臣さまに忖度したのでしょう」

紫式部が考えを述べた。

敦康親王が天皇になり、さらに敦成親王たちが順番に東宮になっていくのを、三十二歳の一条天皇や二十四歳の彰子は、待てる。

しかし、道長は四十六歳。待てないのだろう。

道長には飲水病の宿痾《しゅくあ》もあった。

平生の一条天皇なら、敦成親王らの立太子は先送りになるだけなのだと説明できるだけの体力と気力があっただろう。

しかし、いまの一条天皇は非常の状態である。

家司として、敦康親王の立太子を支持してくれると、一条天皇は心中に期待していた人物に、手ひどく裏切られたと感じたに違いない。

加えて、行成は皇統の行く末について「神に任せて、あえて人力の及ぶところではありません」と匙《さじ》を投げるような言葉を発したという。

紫式部は歯ぎしりする思いだった。

道長ばかりに気をとられていた自分を恥じた。

敦康親王の家司だから敦康親王のために働いてくれるだろうと思っていたが、違っていた。いや、敦康親王のために働いてはいたのだ。ただ、敦康親王への忠誠以上に、行成は道長の巨大さを恐れたのだ。

自分は道長と日常で接してはいない。

紫式部が会っているのは彰子であり、彰子を通して見える一条天皇だ。

だから、紫式部のなかではより身近に接する彰子と一条天皇のほうが、道長よりもはるかに大きく感じられる。

行成にはそうではなかったのだろう。

おそらく行成は、道長が敦康親王をいじめ抜き、政治の現場から早々に葬り去ると予測したのだ。あるいは、道長が何らかの形で敦康親王の死を望むかもしれないと危惧したに違いない。

だから、紫式部は道長に会って言葉をぶつけたというのに……。

きょうだいの藤原惟規が客死したのは、悲しくはあったが「敦康親王のための形代《かたしろ》になったのかもしれない」と考えようとしていた。だが、惟規の命だけでは釣り合わなかったのだろうか。

もしかすると、「豊の明夷」の一条天皇よりも、道長に恩を売っておいたほうが得策だとでも考えたのだろうか。

行成、逆賊となったか、と紫式部は心のなかでうめいた。


行成は次の東宮に敦成親王を推し、決された。

一条天皇は、「このことを道長に伝えよ」と命じた。

「ご命令のままに。しかし、このような重大な事柄は、主上から仰せになるべきではないでしょうか」

行成が言うと、一条天皇は不思議な笑みを浮かべた。

「朕は、もう死ぬのだ」

話を聞き終えた彰子は蒼白の表情で、脇息に指を食い込ませていた。

一条天皇は、道長と慶円のすすり泣きの会話を聞いていたのだ。

ゆえに、悲願だった敦康親王の立太子を諦め、自らの命の終わりをも悟った。

俗な言い方かもしれないが、彰子には、この世の終わりのように感じられたことだろう。

しかし、彰子はもうひとつ、どうしても見逃せない事実に気づいたようだった。

白い顔の彰子が幾度も呼吸を整えながら、紫式部にその「事実」を確かめる。

「父は、この局を素通りしたのですね？」

「はい」と、紫式部は断言した。

一条天皇は夜御殿にいる。そこで譲位の決がされ、道長に一条天皇の意向が伝えられると、東宮御座所の東院へ向かった。

夜御殿のすぐそばにある上の御局を無視しているのだ。

一条天皇の譲位と敦成親王の立太子。どちらも中宮をのけ者にしてよい内容ではない。

「父は——左大臣は、ついに」

「おそらく」

彰子と紫式部は短く言葉を交わした。

周りの者にはわからないかもしれない。

ふたりだけにはわかっていた。

道長は彰子を避けた。

心身万全な彰子に敦成親王の立太子を話せば、敦康親王をこそ東宮にすべきであると反論されるのは火を見るより明らかだった。

道長にとって彰子は娘であるが、天皇の后——中宮だ。

中宮と対立する姿を周りに見られるのは、よくない。

うがってみれば、彰子がふたりの皇子の後見から道長を外したら——弟の頼通にしたりしたら——道長の権勢に陰りが出る。

そのような対決をしたくなかったのだ。

裏を返せば「道長はついに彰子を明確に敵と認識した」と言えるだろう。

彰子と紫式部は、いまの短いやりとりで互いの見解を一致させたのだ。

一条天皇が死を予感した。

しかし、一条天皇の理想は成就していない。

道長が仁者であれば、一条天皇の理想を受け継ごうとするだろうが、少なくとも彰子や紫式部が理解している形での仁者ではない。

ならば、誰がその理想を引き継ぐのか。

誰が幼い皇子たちを護るのか。

敦康親王の立太子は断念せざるをえないかもしれない。

しかし、すべてが終わったわけではない。

むしろ、ここからがほんとうの戦いになるのだ。

彰子と紫式部の目が合った。

紫式部は無言で、彰子にうなずいてみせた。


彰子は自らの女房たちを集めた。

紫式部は、集まってきた彼女たちの顔をひとつひとつ確かめている。

不安がる者が多い。難しい顔をしている者もいれば、努力して微笑んでいる者もいた。涙を流したあとのような顔の者もいれば、何か怒っているような表情の者もいる。

みなが彰子を見つめていた。

彰子は一度目を閉じ、開いた。

「すでにみな、譲位のことは聞き、心を揺らしているでしょう。私も突然のことで、みなと同じように心揺れました」

彰子が自分たちと同じように苦悩している——そう聞かされ、女房たちはすすり泣き始めた。

「ただ、その譲位の知らせを受けた左大臣・藤原道長は、主上の夜御殿から出て東院へ向かった。中宮たる私には一言もありませんでした」

女房たちに緊張が走った。

「急いでいた、動転していた、そのようなことも考えました。しかし、みなも知ってのとおり、私は長幼《ちょうよう》の序をもふまえて、一の宮・敦康の立太子を主上とともに願っていました。仄聞《そくぶん》するに、次の東宮は敦成とか。主上の決が下ったのなら、そのように言えばよいだけのこと。私が主上のお言葉に従わないはずはないのですから」

女房たちが静まり返っている。

「しかし左大臣はそうしなかった。それは左大臣が私に隠さなければいけない何かを持っているからではないかと思うのです。はっきり言ってしまえば、左大臣は私ではなく『中宮』というものを遠ざけようとしているのです」

女房たちが小さくざわめいた。

それでいい、と紫式部は思った。

女房たちが自分で考えなければいけない。

紫式部の見たところ、何があっても彰子に尽くす者は十人程度。

その者たちは、大いに怒るといい。

自分で考え、われらの彰子が道長にないがしろにされることに、怒れ——。

「そのような横暴、決して許されないことだと思います」

そう声をあげたのは和泉式部だった。

「畏れながら、左大臣さまは中宮さまを『自らの娘』と見ているのだと思います。だから、言葉は悪いですが、自分と意見を違えるようになったら使い捨てようとしているのではないでしょうか」

過激な意見を言ったのは、伊勢大輔。利発な彼女らしい、と内心で微笑む。

言葉は先走っていたが、紫式部も同じことを考えていた。

裳着《もぎ》を済ませたばかりの無力な少女の頃には、大事にしながらも政治の道具として入内させ、中宮として力をつけてきたいまは距離をとられて、使い捨てにされようとしている彰子。

それもこれも、道長が彰子を自分の持ち物としての「娘」と見ているからだ。

道長は誰かに協力することはあっても、誰かに心の底からの忠誠を誓うなど、これまでも、これからも、ないだろう。

ましてや、彰子には。

伊勢大輔の言葉に、女房たちのざわつきが大きくなる。

女房たちの多くは、家の都合で出仕してきている。彼女たちが彰子のもとに送り込まれたのは、一に俸禄のためであり、二に生活の安定のためだった。

また、宰相の君はじめ、道長にも恩のある者たちもいる。

彰子が、下世話な言い方をすれば面倒見のいい人物であるのは、みな知っていた。

女房の親兄弟たちまでも、己の身内のように心を砕き、人並みに生きられる道を世話をしてきた。そのうえ、彰子からそれらの人々を遠ざけることは、まったくと言っていいほどない。

ところが、道長は「切り捨てる」。

それが「娘」で「中宮」だったとしても。

現に女房など、賄は破格でも気が向けば愛人にし、何か失敗をすれば手ひどく怒鳴りつけて放り出すというのは、一度ならず聞いたことがあるはずだ。

紫式部には、彰子が偉大な姿に見えた。

人は道理だけでは動かない。利も必要である。

道理だけで動くなら、仏説のとおりに人も世も正しくあるだろう。

しかし、利だけでも人は動かない。大義が欲しいのだ。

人が利だけで動くなら、それは獣と変わらない。

そのような人の心の動きのなんたるかを、右も左もわからなかった彰子は物語などで学んだとかつて言っていたが、肝心の物語書きである紫式部にはここまで女房たちの心を引きつける自信はなかった。

彰子が背筋を伸ばし、宣言する。

「私についてきなさい」

すべての女房が彰子を仰いだ。

「私についてきなさい。私はあなたたちを見捨てません。私は中宮であり、いずれ国母となって、主上の仁政を伝えていくからです。だから、父ではなく、この私についいてくるのです」

女房たちの顔が紅潮していくのがわかった。感じやすい和泉式部はうれし涙を目にためている。伊勢大輔はまるで童のように目を輝かせていた。

誰よりも、彰子こそが肉身の菩薩のように輝いて見える。

紫式部が両手をついた。

「命あるかぎり、中宮さまにつき従うことをここに誓います」

紫式部が頭を下げる。ひとり、ふたりと、声をあげて誓う気配が広がる。

ここに彰子と彰子の女房たちは一体になったのだ。


彰子の女房たちは、さっそく動いた。

「后宮・彰子さまは、左大臣・道長さまをお怨みになっていらっしゃる」

女たちの口から口へ、彰子の様子が伝えられ、宮中を席巻したのである。

「少し、中宮さまにしてはきつい表現ではないかしら」

紫式部は憂慮したが、和泉式部がにっこり笑って否定した。

「このくらいでちょうどいいのです。ちょっと過激なくらいが人の口に上りやすいんですから」

「『お黙りやがれ。女を舐めるな』よりは、よほど上品です」

伊勢大輔がつけくわえる。

そんなものかしら、と紫式部は許可した。


この「怨み」という言葉が、とてつもない威力を発揮する。

名指しされた道長だけでなく、公卿たちが大慌てで彰子のまえに集まったのである。

みな、これから彰子をないがしろにして物事を決めたりはしないと、平身低頭していた。

最高権力者たる道長がひれ伏し、許しの言葉を彰子が与える——。

これを見て、紫式部は感動とも衝撃ともつかない気持ちに襲われた。

「怨み」という言葉に対する、道長たちの過敏なまでの反応。

「怨み」は「怨霊」につながる。

彰子が怨霊となって祟ったら、と怯えたのだろう。

碁は攻めている側が強い。

さらに言えば、先手のほうが強い。

今回、明らかに彰子が先手を打っていた。

道長はやはり小心者なのだ。

道長はこれから何かを判断したり実行したりするときに「后宮のお怨み」を必ず思い出す。

もはや彰子の意向を無視できないだろう。

やはり、「言霊」だなと、紫式部はしみじみと思った。

これまで、彰子が心血を注いで考え、紫式部が『源氏物語』に必死で取り組んできた道長との戦い。それが「后宮のお怨み」の一言を得て、大きく優位に立とうというのだ。

だが、それは結局において、道長らが彰子の人柄をまったく理解しようともしていなかったことを意味していた。

人を怨むという気持ちからもっとも遠いのが、彰子という人物だからだ。

彰子のほんとうの姿を書き残したい。

紫式部の心のなかに、その思いがふつふつと湧いてくるのだった。

かつて敦成親王出産の折に、彰子から出産の前後の様子を日記の形で書いてほしいと頼まれた。

敦成親王の出産とその後の儀式、さらには敦良親王の出産の周辺についてをまとめ、書くべき内容はそろってきている。

しかし、どうしても書かねばならないものが増えた。

彰子のほんとうの姿だ。

ほんとうの、というのは、傲慢かもしれない。紫式部だって、誰にも見せていない自分——たとえば、賢子をまえにしての母としての自分——があるように、自分が知らない彰子の顔はあるだろう。一条天皇しか知らない彰子がいるだろうし、出仕まえの彰子がどのようであったかは伝聞でしかわからない。

紫式部が見たほんとうの彰子を書きたい。

志は美しく、常に一条天皇の仁政とともにあろうとした。定子が産んだ敦康親王も、敦成親王たちとわけへだてなく慈しみ、ときに心痛め、ときに涙し、幾度も神仏にその幸福を祈っていた姿。自分たち女房ひとりひとりを大切にし、何くれとなく心配して寄り添ってもくれた。

紫式部が知っている彰子は、そんな人物だった。

彰子は、道長を力尽くで押さえ込むような女帝でもなければ、怨みをまき散らす后でもないのだと、後世に正しく残したい。

そのままを書いたのでは、感情が入りすぎる。阿諛追従《あゆついしょう》の書となるなら、彰子は破棄するだろう。清少納言《せいしょうなごん》が書いた『枕草子《まくらのそうし》』のようなものは、彰子には似合わない。華やかなだけの後宮ではなかった、女房たちのいじめもあれば未熟なところもあったとありのままに書きながら、彼女たちをも薫育し、まとめあげていった姿を書き記さねばならない。

ありのままの「日記」の体裁でありながら、彰子の心に肉迫したい。未熟な自分の筆でも、彰子という人物の魅力の一端は伝えられるはずだ。

どうせなら「日記」らしく、自分や自分の身内のために書くようにしてみよう。娘の賢子に向けて語る形にしてみたら、宮中の細々した出来事や自分が出仕したときのありさまなども伝えられるかもしれない。

この『日記』と『源氏物語』は表裏の関係になるのだ。

言い方を変えれば、『源氏物語』は道長という現実に対していかに抗い、理想を追求しようとしたかという戦いの記録であり、『日記』はその理想に殉《じゅん》じたひとりの中宮の横顔になるだろう。

いまや彰子とその女房たちは、たとえ相手が道長であっても怯《ひる》まないだけの強い絆を手にしていた。

「中宮さまは、すごいですね」

伊勢大輔が感嘆した。

「これが国母としての覚悟。ついに中宮さまはほんとうのお姿を見せ始めたのよ」

と、紫式部は答えながらも、その孤独に思いを馳せると涙が出そうになる。

居貞親王に仕える者たちのなかには、「いよいよ皇統が冷泉天皇の系統に還ってくるのだ。円融天皇系統の者どもよ、ざまを見ろ」と小躍りしている者もいるという。

けれども、孤独のうちにこそ信念は輝く。

彰子の確固たる信念は一条天皇にも伝わり、喜ばせた。

このまま一条天皇は回復するかとも思われるほどだったが、病に引き戻されてしまった。

彰子は病との綱引きだと言わんばかりに、日々に祈りと信念を強くしている。

「女房たちには次の東宮のことで先のように語ったけど、私はまだ何ひとつ諦めていないのです」

彰子は紫式部に打ち明けた。

「存じています。そして私もまだ何も諦めていません」

こう答えると、彰子はふわりと微笑む。

「ありがとう。苦労をかけますね」

紫式部はそのやさしい言葉に、鼻の奥がつんとなった。

「いいえ。私の苦労など、ものの数ではありません」

まだ何ひとつ諦めていないという彰子の言葉は、事実だった。

六月二日、東宮の居貞親王が一条天皇のもとへ参じ、譲位の詳細が話し合われた。

一条天皇は次期東宮に二の宮である敦成親王を定めると告げるとともに、居貞親王へ敦康親王のことを託し、居貞親王も「もとよりそのつもりでございます」と答えた。

その日、敦康親王は一品准三宮《いっぽんじゅさんぐう》に叙されている。皇位継承から外された代償のように。

その裏で、彰子は動いていた。

一条天皇はこれ以上、敦康親王にしてやれない。

しかし、「母」である自分は、まだしてあげられることがある。

彰子は、左大臣・藤原道長をつかまえては懇々と訴えた。

「主上は兄弟の順にと思っていらっしゃったはずです。敦康も理解はするでしょうが、かわいそうではありませんか。敦成はまだ小さいのですから、敦康を先に東宮にしてください」

道長は顔をしかめた。

「それは——敦成親王さまの立太子を撤回しろということですか」

「そうです。まず敦康を東宮に。それから敦成の番でよいではありませんか」

彰子は涙を流し、切々と訴え続けた。

一度や二度ではない。

道長を呼び出し、追いかけ、女房たちに連れてこさせ、涙ながらに訴え続けたのだ。

そのたびに道長は、敦成親王を東宮にすべきだと一から説明し直す。

根気比べもいいところだった。

あるとき、彰子が道長を解放し、道長が這々《ほうほう》の体で中宮御座所から出ていくと、紫式部は彰子を諫《いさ》めた。

「さほどに強く言い続けられては、中宮さまのお身体が心配です」

彰子は涙を拭いながらも、少しの疲れも見せず、

「ありがとう。私は大丈夫です。——敦康のために、私はもうこれしかしてやれないから」

紫式部はあえて踏み込む。

「藤原伊周さまや道雅さまのことをお考えになっていますか？」

彰子は水を所望した。

「ふふ。さすが私の紫式部。何でもお見通しね」

「いえ、そのようなことは……」

思わず耳まで熱くなる。

「いくら私が左大臣に訴えても、敦成の立太子は覆らないかもしれません。いえ、おそらく無理でしょう。でも、敦康のために、最後まで戦った人がいたのだと、母はどこまでもおまえを思っているよと、伝えたいのです」

伊周や道雅のような愚かな人生を歩んでほしくない。一条天皇も彰子も、紫式部たちも同じことを思っていた。

人生の苦境で踏みとどまれるかは、自分がどれほど無条件に愛されてきたかを知っているかによって決まる。

敦康親王が一品の意味を真に理解したときに、同時に「けれども、自分はこれほどまでに愛されていた」と思い出してくれれば——彼は堕ちない。

敦康親王の心のなかの愛の思い出となるために、彰子は戦っているのだった。

その気持ちを思うと、紫式部は涙がこみ上げてくる。

「中宮さまの御心は、必ず伝わります」

もともと言葉で美辞麗句を発するのに疎い紫式部である。月並みなことしか言えない自分がもどかしかった。

「ありがとう。でもね、紫式部。私に『子は母の愛に満たされなければいけない』と教えてくれたのは、あなたの『源氏物語』よ？」

「え」

幼くして母を亡くしたがゆえに、母の愛に満たされず、次々と母の面影を求めながら恋を重ねていく光源氏はその反対の例である。

「それから『女の涙ながらの訴えは強い』というのも、『源氏物語』で教えてもらったことですよ？」

紫式部は困惑した。

「えっと……畏れ入ります……」

しかし、彰子の涙はただの「女の涙」ではなかった。

「国母の涙」なのだ。

ゆえに、道長は泣いてわがままを言う娘の相手をしているのではない。

臣下の心得違いに涙する国母に、自らの正当性を証明しなければいけない立場なのだ。

道長が言葉を尽くして説明したり、滔々《とうとう》と語って聞かせたり、額を擦り付けて懇願したりすればするほど、「悪い権力者が、国母を涙に暮れさせている」ように見えるではないか。

紫式部は心のなかで呆れたり苦笑したりしながらも、「もしかしたら、最後の最後で敦康親王に東宮の座が来るかもしれない」と期待していた。

だがその期待は、予想もしえない形で砕け散る。

六月十三日、譲位がなされる日に、一条天皇はにわかに容態を悪化させた。

そのため、一条天皇不在という異例の譲位の儀式となってしまう。

翌十四日から一条天皇——譲位した一条院の病は危急（危篤）となった。

二十一日には「御病悩は頼りが無い」ありさまとなる。

そして、六月二十二日——。

一条院は崩御したのだった。

第四章　国母の女房

寛弘八年。

悪いことは重なるとも言われるが、今年はいったいなんという年になったのだろう。

紫式部は文机から庭を眺め、黙然と思っていた。

庭に、白い蝶がひらりひらりと舞っている。

二月に父・藤原為時を任地である越後国に送った。年齢から考えれば、これが今《こん》生《じょう》の別れになってもおかしくない。事実、父に同行したきょうだいの藤原惟規はかの地で客死してしまった。

自分のことは、いまはいい。

まさか、一条天皇が崩御するとは……。

本来なら、譲位されたのだから「一条院」と呼ぶべきなのだろうが、その実感もないうちの急な崩御だった。

五月の一切経供養の翌日に倒れて、それから一月あまりで儚くなってしまったのだ。

いったい前世のどのような縁なのか。

物語のなかで何人もの登場人物の最期を書いてきた。帝もいる。書きながら、感極まって自分でも涙をこぼしながら執筆していたことも多々あった。

もののあはれ、諸行無常の風は『源氏物語』の重要な骨格だ。

けれども、現世でその風に吹かれれば、悲しいものは悲しいし、涙が出るものは涙が出る。

思えば昨年、藤原伊周が逝去した。定子はすでに世になく、その子・敦康親王には叙一品がなされた。今めかしく華やいだ中関白家の日々が、砂のように消えていったのである。

その最後に待っていたのが、このような悲劇だったとは――。

六月十三日に譲位の儀が行われたが、容態の悪化した一条天皇は出席できなかった。

先帝不在の譲位という前代未聞の事態に、誰もが困惑した。

困惑しながらも、譲位の儀式は行わなければならない。

むしろ、一条天皇の病が進んでいるからこそ、譲位をつつがなく行って、天下万民に天皇の威徳を示さねばならないと考える者もいただろう。

宣命使《せんみょうし》が譲位の詔《みことのり》を読み上げる。

居貞親王は即位し、三条《さんじょう》天皇となった。

儀式はあくまで厳かに行われる。

六月十四日、「一条院、危急」の知らせが飛び込んできたのである。

みな、騒然となった。

「ともかくも、主上のところへ」と一同は、一条院のもとへ急いだ。今上帝である三条天皇までもが、先帝のもとへ参じた。すでに譲位がなったのだから、「一条院」と呼ぶのがふさわしいのだが、そのようなことも忘れるほどに誰もが動転していたのである。

高徳の僧たちが呼ばれ、一条院の快癒を願って読経が続けられた。

それから、病状は一進一退を繰り返す。

十四日、一条院は出家の意向を口にした。

死が近くなっての出家で、臨終出家と言われる。本格的に修行をする僧侶となるというよりも、極楽浄土への往生を願っての形式的な出家である。

左大臣・藤原道長以下、公卿らが速やかに準備を整えた。

十九日、一条院は髭と髪を剃って出家した。

法名は精進覚《しょうじんかく》。

自らに厳しく、他人に寛容な院にふさわしいと、紫式部はその尊い法名を聞いて両手を合わせたものだった。

一条院の出家はあまりにも慌ただしく行われたために、院のための法衣が間に合わなかった。

結局、一条院の出家はありあわせの法衣で行われた。

出家の導師を務めたのは、権僧正《ごんのそうじょう》慶円。道長とともに「豊の明夷」の卦を見て涕泣し、一条院に死を予感させた人物だ。院を現世のしがらみ、執着から放つ役目だったとも見えようが、どのような宿世《すくせ》の因縁でそうなったものか。

このような僧正に剃髪をされながら、一条院の心には何がよぎっただろうか……。

だが、阿弥陀《あみだ》如来の慈悲との結縁《けちえん》なって、一条院は気持ちを安んじえたようで、病は快方に向かった。

誰もが安堵した。

なかでも彰子の様子には涙を禁じえなかった。

何も喉を通らず、眠ることも忘れ、ただただ一心に合掌して院の快復を祈っていた。

「ああ……釈迦大如来さま。阿弥陀如来さま。諸如来諸菩薩さま。どうか院の病を、このわが身に。あるいは院のお身体とわが身を入れ替えてください」

涙を流し、身を震わせて、彰子は祈りに祈っていた。

だから、院が出家してやや持ち返したときには、誰よりも喜んだ。

出家とは、俗世の縁を切ることを意味する。院がこのまま快癒すれば、僧としての日々が待っている。これまでのように渡御することも、幼い敦成親王たちをかわいがることも憚《はばか》られるようになるだろう。

それでも、生きていてほしかったのだ。

けれども、二十日になって院は再び危篤となった。

左大臣の道長らもずっと詰めている。

誰もが覚悟し始めた。

二十一日、夢うつつの一条院のもとに藤原行成が参じて、水を供した。

院は微笑んだ。

「もっともうれしい」

とおっしゃったという。

その言葉をのちに伝え聞いて、紫式部は唇を嚙んだ。

幼く、何もわからぬときに、藤原道長の父に担がれて即位してから二十五年。一条院は、ひたすらに仁政を目指した。「他の者が寒がっているときに、私が先にあたたかな衣裳を着るわけにはいかない」と、寒い冬も薄着を通し、「私には火がつきまとう」と、再建なった平安京内裏にいまも足を踏み入れないでいる。

そのような人物だったのに、最期の瞬間に周りにいるのは——。

藤原行成。もっとも信頼する側近のひとりでありながら、最後の最後に敦成親王立太子を一条院に迫った張本人。

三条天皇。ふたつにわかれた皇統のうち、一条院とは別の冷泉天皇系の血筋であり、彼に仕える者たちは早くも「傍流の一条天皇の御代が終わり、皇統嫡流の御代が来るのだ」と手ぐすね引いて待っている。

そして、藤原道長。一条天皇を支える仮面をかぶってきたが、己の孫を天皇として外戚になり、摂政・関白となるのが最終目的であり、今日までの忠節はその一点にかかっていた。幾度となく圧力をかけ、悩ませてきた根源と言ってもよい。

極楽浄土へ旅立とうとする一条院の周りには、悲しみと涙が満ちているように見せながら、本心では彼の死を望んできた者ばかりが固めている。

ただひとり、彰子だけが無条件に一条院の味方だった。

一条院は行成をさらに近づけて、問うた。

「自分は生きているのだろうか」と。

亥《い》の刻（午後九時から十一時頃）、一条院は身を起こした。

彰子はすぐさま几帳のなかに入った。

院の口元に耳を近づけ、彰子は夫の言葉を待った。

周囲の者たちも涙を押さえ、一条院の言葉をかすかなりとも聞き逃すまいと身を硬くしている。

一条院の唇が動いた。

露の身の　風の宿りに　君を置きて
　塵を出でぬる　ことぞ悲しき

——露のように儚い身の自分が、風のように頼りない俗世に君を置いて、塵の世を出ていくのがひどく悲しい。

彰子は堰《せき》を切ったように涙を流した。

自分への最期の言葉なのだと、彰子は理解したからだ。

事実、ひとり置いていく彰子への慈しみがあふれている。

俗世に置いていく……。

ただ自分だけが先に来世に旅立つことを言っているだけではないと、紫式部は感じた。

ひとつには、臨終出家とはいえ自らだけが落飾し、彰子とともに出家しなかったことへの悲しみ。

もうひとつには、彰子を敵ばかり多いこの俗世にひとり置いていってしまうことへの悲しみが秘められているように感じたのだ。

一条院の人柄を思えば、また別の意味にも解釈できるかもしれない。

たとえば、敦康親王への思いである、と。

あるいは——すでに亡き皇后定子への思いだ、とも。

出産に伴う死に方をした女性は成仏が難しいとの考えもあった。だからこの歌は、自分はきちんと落飾して極楽往生を願って最期を迎えるのに、皇后定子はいったん出家したのを呼び戻し、さらに産褥《さんじょく》で落命させた——そのせいで極楽浄土に旅立てず、俗世に留まったままかもしれない——定子への歌だと解釈できなくもない。

いや、やめよう。

一条院は彰子へ最期の言葉を残したのだ。

だが、それは夫から妻への言葉。

もし、院としての言葉だったとしたら。

一条院がその人生で出会った、あるいは人生のどこかで交わった人々、男も女も、貴賤も超えた天下万民のすべてを「君」と称したのだと解釈すれば。

一条院は自分たち女房にも最期の言葉をくださったのだと解しても、決してお怒りにはならないだろう。

側にいた公卿や侍臣たちなど、僧俗や男女の別もなく、涙を流さない者はいなかった。

みな、まさしくひとつの時代が終わるような心持ちに違いない。

二十二日、一条院は時折、乾いた唇とかすれる声で「南無阿弥陀仏」と念仏を唱えた。

側では権僧正慶円、僧都深覚《しんがく》、明救《みょうぐ》、隆円《りゅうえん》、院源《いんげん》、尋光《じんこう》、また律師《りっし》尋円《じんえん》が念仏を唱えている。

辰の刻（午前七時から九時頃）、臨終。

権僧正慶円が席を外したわずかなあいだだった。

「死の穢れに触れては出仕に差し障る」と、道長が右大臣藤原顕光や行成以下の者に命じて清涼殿から退出させたとき、驚くべきことが起こった。

戻ってきた慶円らが不動明王火界呪《ふどうみょうおうかかいじゅ》を行じたところ、一条院がにわかに蘇生したのである。

いったん清涼殿から出た公卿たちは、慌てて参上した。

「古来、かようなことは書物でしか見たことがない」

「院はいかなるお方なのだ」

と公卿たちがささやき合う。

喜ぶべきことなのだが、あまりの出来事にみな、神威を恐れるように清涼殿に控えるばかりだった。

道長の顔色は白を通り越してどす黒くさえある。道長自身が死病に連れていかれるのではないかというほどに、恐れおののいていた。

口にこそ出さないが、甦った一条院が早々に清涼殿を退出した道長を叱責するのではないかと、誰もが思っていただろう。どさくさに紛れての越権とでもいうべき振る舞いだったからだ。

しかし、一条院はそうしなかった。

穏やかに微笑み、合掌したのである。

慶円が阿弥陀如来との仏縁を結ぶと、一条院はそこに阿弥陀如来が来臨しているかのように恭《うやうや》しく拝礼した。

みなが息を殺している。

頭をあげて合掌を解いた一条院は、道長ら公卿にまなざしを向けた。

穏やかで、微笑みさえ感じさせるまなざしだった。

一条院は息をついて背を伸ばし、もう一度合掌した。

南無阿弥陀仏——。

蘇生した一条院はあらためて念仏を唱え、極楽往生を決定させると今度こそ崩御したという。

一条院はついに息を引き取った。

三十二歳の若さだった。

彰子は号泣した。

あれほどに心を砕いて人々の幸せを願ってきた方が、出家こそすれ法皇になるいとまもなく、慌ただしく崩御してしまうとは。

彰子は一条院の亡骸に取りすがって、声を限りに泣いた。

悲しみに暮れながらも、彰子が一条院の旅立ちの装束を手配する。

紫式部たち女房は自らも悲しみつつ、彰子の服喪の準備をした。

紫式部が彰子に衣裳を着せているとき、彰子が力ない声でつぶやいた。

「ほんとうに主上は――院は崩御したのかしら」

紫式部の手が止まり、胸が詰まった。

「一度蘇生され、念仏し、極楽往生を決定されました」

それが俗世に置かれた者の、唯一の慰めである。

「そうね……」と彰子は短く答えた。

国母が深く深く悲しんでいるのを、慰める言葉を持たない。

紫式部は自分の無力を呪った。


一条院の葬儀は道長がとりしきった。

七月八日、亡骸は荼毘《だび》に付された。

ところがその四日後のことである。

参内した大納言・藤原実資が彰子へ挨拶にやってきた。険しい表情をしている。

喪中の挨拶もそこそこに、実資が言ったのである。

「いま春宮大夫《とうぐうのたいふ》・藤原斉信と中納言・藤原隆家と会って話をしたのですが、左大臣が『そういえばいつだったか、譲位まえの一条院から、自分が死んだあとは土葬して円融院法皇御陵の側に置いてほしいという意向を聞いていたのだった』というような話をしていたと聞いたのですが、これはまことでございましょうか」

彰子と紫式部は互いに顔を見合った。上臈・中臈の女房たちも何事かと実資の言葉に耳をそばだてている。

ややあって彰子が答えた。

「そのようなこと、初めて聞きました」

「左大臣は中宮さまも聞いていたと話していたとか」

「そのようなこと！」と、彰子が珍しく声を張る。けれども、すぐにいつもの声の大きさに戻した。「私が聞いていれば、忘れるはずはありません」

彰子は目を大きく開いて震えていた。

一条院崩御の悲しみが癒えていないというのに、このような重大事を聞かされ、しかも「それは中宮も知っていたはずだ」と勝手に言われたのだ。怒り、悲しみ、さまざまな感情が彰子の胸の内で渦巻いているだろう。

紫式部が実資に確認する。

「左大臣がそのように語ったのは、いつのことですか？」

「――九日の頃と聞きました。左大臣は『すっかり忘れていたが、たったいま思い出したのだ。とはいうものの、仕方がない。すでに火葬されてしまったのだからな』と言い、それを聞いた者たちもそのとおりだと思ったとのことですが」

紫式部も怒りで目の前が暗くなった。

九日と言えば、一条院が火葬された翌日ではないか。

「九日に、この左大臣さまの話を聞いていたのは他には――？」

「行成どのは聞いていただろうとのことです」

またしても、行成か。

道長が「中宮さまも聞いていたが」と言えば、位の低い者たちはそれを疑いもせずに鵜呑みにするだろう。

しかし、行成なら、彰子がそのような大事を忘却する性格ではないとわかっているはずだ。

道長から話を聞いて、すぐに彰子に確かめなかったのは、なぜか。

紫式部は「行成め、またしても道長におもねるか」と、文字通りはらわたが煮えくりかえる思いがした。

一条院の意向を無視し、あまつさえ彰子にその片棒をかつがせるような真似をしたことにである。

中宮御座所が静まった。

秋の初め、暑さの名残がじっとりと肌にまとわりついてくる。

紫式部は怒りを踏みつけながら、頭を回した。

在位中に崩御した天皇は土葬となり、譲位後に崩御した場合には火葬にされるのが、この時代のしきたりと言える。

道長の話がほんとうだとすれば、一条院は譲位まえ、つまり「天皇」の頃に土葬の意向を告げたことになる。一条天皇の意向は、何もおかしくはない。

ところが一条天皇は、譲位後に崩御した。

その意味では、道長がとりしきり、火葬したのは何もおかしくはない。在位中の天皇が崩御したときの素服などの儀式もなかった。

紫式部は実資に尋ねた。

「もし仮に、一条院の葬儀まえに左大臣が院の意向を思い出していたら、どうなったでしょうか」

実資はじっと考え、答えた。

「まずは協議されたでしょう。院の在位中の意向に基づいて土葬にすべきか、譲位されて院になったという身分に基づいて火葬にすべきか」

紫式部はうなずいた。そこだ。なんの協議もなされなかったことが、自分の——おそらくは彰子も——不快感の根源なのだ。

「実資さまなら、どのような意見を具申されますか」

「難しいところです。しかし、私なら——院としての身分を重んじ、火葬を主張するかもしれません。ただし、一条院は譲位の儀式にも参列できなかったほどの急な崩御でしたから、最後は主上（三条天皇）のご判断を仰ぐことになるように思います」

「主上のご判断はどのようになるでしょうか」

「主上の大御心を私ごときが推察するのもおこがましいことですが……土葬を選ばれたかもしれません」

紫式部はもう一度うなずいた。自分もそう思ったからだ。

「大切な話を教えてくれてありがとう。大納言」と、彰子が実資をねぎらった。

青白い顔の彰子を見て、紫式部が「中宮さま」と案じていると、東宮になった四歳の敦成親王も彰子を心配する顔をした。

敦成親王も、弟で三歳の敦良親王も、一条院の死を理解できないでいる。

敦成親王は「母上」と呼びかけると、近くにあった撫子《なでしこ》の花をちぎってまいた。

「母上。元気になってください」

女房たちから思わず、忍び泣く声が聞こえてくる。

見るままに　露ぞこぼるる　おくれにし
心もしらぬ　撫子の花

――わが子の姿を見るにつけても、涙が露のようにこぼれる。父と死別したのに、その悲しい心も知らないで撫子の花で遊ぶ、その花のように無心なわが子よ。

紫式部も実資も、もらい泣きをした。

静かに歌を詠んだあと、彰子は御簾の向こうの実資にふわりと笑いかけて、

「いかにも左大臣のやりそうなことですね」

「…………」

「葬儀が済み、僧たちが懇《ねんご》ろに念仏してくださっているのです。あえて取り沙汰して騒ぎ立てるのはふさわしくないでしょう。私もそのような話を聞いていないのですから、そもそもそのような話を院がしたという確証もありませんし」

「はい……」

「しかし――『すっかり忘れていたが、たったいま思い出したのだ。とはいうものの、仕方がない。すでに火葬されてしまったのだからな』というのは、左大臣が院に常になしていたことのように思えてなりません」

そう言い終わるまで、彰子は声の震えを隠し通した。

彰子のその姿に、紫式部は故院の面影を重ねる。

白い蝶がたゆたっていた。

強い感情をともにすると、人と人とは固く結びあうものだ。

ときにそれが、深い悲しみであったり、強い憤りであったりしても。

実資が教えてくれた道長の話と、敦成親王の無心の振る舞いは、一度は地に倒れ伏してしまったかに見えた彰子の心を引き上げてくれた。彰子の心だけではない。女房たちもまた、再び立ち上がろうとしていた。

「先ほどの大納言さまのお話、よろしいのですか」

実資が下がると、彰子に宰相の君が尋ねる。

道長を不問に付すのかと言っているのだ。

「ふふ。あなたこそ、いいの？」

宰相の君の夫は、道長の家の行事に私的に協力している。彰子にも道長にも仕えているような立場だった。

しかし、宰相の君は穏やかにうなずき返した。

「もちろんです。中宮さまについていくと決めた心、違えることはありません」

この様子なら人払いをしなくてもいいだろうと、紫式部は意見を言う。

「畏れながら、申し上げます。先ほどの大納言さまのお話から察するに、左大臣さまは、一条院もその政も消してしまいたいというのが本心ではないでしょうか」

女房たちがざわつく。

「みなも、そう思いますか」

彰子が女房たちに尋ねた。

「ふん。あの左大臣さまの考えそうなことです」と、和泉式部が顔をしかめた。

「そんなこと、絶対させてはいけません」と、伊勢大輔が涙を残して声を張る。

彰子がそれらの返事を受けて、言った。

「私の使命は、国母として、一条天皇のお姿とその大御心、その願いを、のちのちの世にまで伝えていくことだと思っています」

女房たちが静かになった。

みな、静かな感動を覚えているのだ。

紫式部は心からの敬意を込めて深く礼をすると、話題を変えた。

「左大臣さまはそもそもご自身の権勢の維持を優先してお考えになる方。ですが、それゆえに、わかりやすいところもあります。――たとえば院の御遺骨」

「いま円成寺《えんじょうじ》に仮に安置ということになっていますね」と彰子。

「左大臣さまの心のなかには、たぶん敦成親王さまの次の東宮がどうなるかという恐れにも似た疑問があるはずです」

現在、皇統は冷泉天皇系統と円融天皇系統のふたつの皇統にわかれている。

それぞれが交互に皇統を継承してきた。

そのため、円融天皇系統の一条天皇の東宮は自らの子供たちではなく、冷泉天皇系統の居貞親王だった。

よって、一条天皇は居貞親王に譲位し、居貞親王が三条天皇となった。

三条天皇が冷泉天皇系統の出自であるから、東宮は円融天皇系統の一条天皇の子・敦成親王になったのである。

この順番で行けば、さらに次の東宮は冷泉天皇系統に渡さねばならない。

だからこそ、道長は三条天皇が東宮のうちに彰子の妹・妍子を入内させたのだが、いまのところ男児をなしていない。

敦成親王を東宮にし、皇統を継がせ、自ら外戚として摂政・関白になれたとしたら、道長はそれを維持したいと思うだろう。

一条院在位中に土葬の意向があったという道長の話、紫式部は事実だったろうと思っている。

道長が引っかかったのは土葬そのものではなく、埋葬の場所として円融院法皇御陵を院が望んだことだったろう。

一条院が円融院法皇御陵近くに埋葬されれば、誰もが「ああ、一条院は円融天皇系統だったな」と気にする。

だからこそ、あえて道長は無視し、遺骨を仮安置としているのだろう。

「左大臣さまは敦成親王さまの次が気になっていることでしょう。そこにつけ込む隙があるように思うのです」

敦康親王の立太子は断念せざるをえなかった。

しかし、もうひとつの願い——ふたつにわかれた皇統をひとつに戻すことで、道長のような臣下のほしいままにさせないという願いは、かなえられるかもしれない。

なるほど、とうなずいたあと、彰子は急に笑い出した。

「ふふふ。紫式部ったら、物語書きを超えて張良《ちょうりょう》のような軍師になってきましたね」

張良とは、漢《かん》を建てた劉邦《りゅうほう》に仕えた名軍師である。その活躍は『史記《しき》』に詳しい。

これには和泉式部を中心に若い女房たちも、つられて笑った。

「え……あ……畏れ入ります——」

紫式部がしどろもどろになる。

けれども、一条院崩御のあと、久方ぶりの御座所の笑いだったから、紫式部は観念した。

「紫式部さまの言うことはわかります。しかし、なんだか難しそうですね」

和泉式部が小首をかしげた。

彰子がふわりと微笑んで、和泉式部らに言う。

「私たちはこれまでどおりにすればよいのです。あとは〝張良〟が考えてくれますから」

紫式部は平身低頭した。

三条天皇は、東三条院から平安京内裏へ移っていた。

一条院内裏という里内裏で生涯の最期を迎えた一条院の気持ちを思うと、紫式部はまたぞろ涙がこみ上げてくる。

しかし、泣いてばかりはいられなかった。

十月には、大極殿《だいごくでん》で三条天皇の即位式が行われた。

東宮となった敦成親王は凝花舎——かつて一条院が三種の神器によって天皇となった殿舎——に移った。

彰子は枇杷殿へ移っている。

紫式部らも一緒だった。

敦康親王のときよりも、遥かに幼い敦成親王との別れ。これも道長の策略のひとつなのだろうかと、紫式部は裏を読みたくなってしまう。

その敦康親王は二条第で生活している。

即位式が終わってしばらくした夜のこと。もうずっと続いている漢籍の進講のときに、彰子がしみじみと紫式部に言った。

「冬の寒さが身に沁みる頃になりましたね」

「お寒いですか」

火桶を彰子のほうへ寄せる。

「ありがとう。――以前、枇杷殿に来たときには、一条院内裏が焼けてしまったあとで不安でいっぱいでしたけど、敦成がいて、敦良もいてにぎやかだったのに。敦良だけになると、ずいぶん静かになりましたね」

「はい……」

「子が大きくなるのはうれしいけれど、自分の手元からはなれていくのは、やはりさみしいものね」

「中宮さまはおやさしい方ですから、なおさらそう思われるのでしょう」

彰子は視線を一度下げ、再びあげた。

「紫式部の娘もだいぶ大きくなったのでしょう?」

「十三歳でございます」

「会えなくて、さみしい思いをさせていましたね」

「いえ、他の女房と一緒で、ときどきは帰っていましたから」

紫式部が言うと、彰子はふわりと微笑んだ。

「あなたに漢籍を教えてもらうようになって何年も経つのに、私はいつまでも愚鈍な私のまま。都でもっとも教養ある女房に教えてもらっているのに、ほんとうに嫌になってしまう」

「そのようなことは——中宮さまはたいへん賢くていらっしゃいます」

しかし、彰子は首を横に振った。

「夫を亡くす悲しみも、子と別れる苦しみも、物語などの書物で読んでわかったような気になっていただけ。自分がその立場になって、そのつらさがほんとうにわかりました。——紫式部。夫を亡くしたこんなつらい悲しみのなかから、よく物語を書いてくれましたね。そしてよくぞ出仕してくれました」

紫式部は視界がゆがむ。

「中宮さま。もったいないお言葉です」

うつむけば、涙が落ちた。

そのときふと、「菩薩行」という言葉が紫式部の胸に浮かんだ。

菩薩とは、仏陀の悟りに到るまえの修行者のことを指した。

釈迦大如来の悟りを目指して自らも修行しつつ、衆生済度《しゅじょうさいど》の情熱止みがたく、現世に出現して人々を救済する者たちである。

菩薩たちは遥かなる御仏の世界からやってくるが、現世で高い立場につくとは限らない。そして、菩薩は剃髪しない在家信者でも目指せるとされていた。

数多くの菩薩たちが数多くの役割をもって、釈迦大如来の慈悲の具現としての人助けをなさんとしている。それが菩薩行だった。

その菩薩行のために、下生した菩薩は人々と同じ暮らしをし、同じ苦しみを受け、同じ悲しみに涙を流す。そのような経験を経てこそ菩薩としての救済力が身につき、自らの願である衆生済度を成就できるとされている。

彰子のような尊い方が、夫との死別や子との別離の悲哀を味わうのは、きっと御仏が菩薩行をなせと遣わしたからではないか――。

紫式部がそんなふうな話をすると、彰子はまた首を横に振った。

「私はそんな立派な生き方はしていませんよ。でも――『釈迦大如来の慈悲の具現』になれるような生き方があるのなら、憧れますね」

「ええ」と紫式部はうなずいたが、彰子が「菩薩行」に生きていないのであれば、誰が「菩薩行」に生きているのかと問い返したいくらいだった。

「ふふ。紫式部は『源氏物語』で、次はどんな菩薩行をしてくれるのかしら」

「敦康親王さまの立太子はなりませんでしたが、まだやらねばならないことがありますものね」

「そうですよ」と彰子は即答した。「一条院の仁政を伝えるため、皇統をひとつに戻すため、左大臣の欲を統御しなければいけません」

人は慢心したときに、やさしさを失う。為政者は謙虚さを忘れたときに、民から税をむしり取るだけの悪鬼と化す。

権力者には常に「諫める者」が必要なのだ。

しかし、権力者は権力を得る過程で敵対者を蹴落としていくため、真に権力者となったときには彼を教導する者がいなくなる。あるいは、教導する者がいても、耳を貸さなくなる。

道長も同じだった。

大納言の実資のような、知徳ともに備えた人物がいながら、政敵として敬遠している。いまの朝廷に、男で道長に意見できる人間がいるかどうか。

その道長に通用するものがあるとすれば、国母の権威と『源氏物語』しかなかった。

これから『源氏物語』は、悲劇の様相を呈してくるだろう。

書くのはつらいが、それが道長を暴走させないためにも生かされるなら、やるしかなかった。

「せ、精一杯、書かせていただきます」

「期待していますよ。ところで、さっき聞いたあなたの娘のことだけど、もしあなたにその気があるなら、私のところに出仕してもらいたいわ」

「もったいないお言葉です」

「紫式部の娘なら、きっと私にたくさんのことを教えてくれるでしょう。ああ、でも私よりも、主上やその后たちのところのほうが活躍できるかしら」

「そ、そんなことはないでございます」

紫式部は噛んだ。

ちなみに娘の賢子は「そんなことはない」ことはなく、とても利発な娘に育ちつつあった。

年が改まった。三条天皇に代替わりしたこともあり、寛弘から長和《ちょうわ》に改元されたのである。

その正月三日に、三条天皇の東宮時代に入内していた娍子の立后の宣旨《せんじ》が下された。

二月には、円融天皇中宮だった皇太后の遵子《じゅんし》を太皇太后、彰子を皇太后とし、妍子が中宮となる。

三条天皇には妍子入内まえからの后として、男女六人の子を産んでいる藤原済時《なりとき》の娘・娍子《せいし》がすでにいて、四月に皇后とされた。

道長の娘を中宮とし、すでに入内していた他の娘を皇后とする——一条天皇のときと同じだった。

「しかし、此度はまったく違っていました」

紫式部を呼び出した実資が顔をしかめていた。

実資としては彰子を直に訪問したいのだろうが、すでに彰子は中宮ではなく皇太后である。それほど足繁く通えない。

しかし、女房の紫式部なら『源氏物語』についてだとか、なんだかんだと用事を見つければ呼び出せるということで、重宝がられていた。

本音は重宝がられても困るのだが、これも彰子のためだとがんばる紫式部だった。

「さほどにひどかったのですか」

実資は、しわ顔をさらにしわにして、不快そうにした。

「実にひどい。立后の儀を呼びかけても、公卿たちが応じないのだよ」

紫式部は耳を疑った。

「立后の儀の呼びかけは、主上がなさったのですよね？」

「そう。けれども応じないのはまだよいほうで、聞くところによれば使者に石を投げて追い返した家さえあったとか」

「なんという……」

紫式部が絶句する。

「それもこれも、皇后さまの父・藤原済時どのが亡くなって、有力な後ろ盾がないから起きている悲劇よ」

実資から娍子の状況についていろいろ聞いた紫式部は、彰子にこれを伝えた。

「皇后さま、おいたわしい……」と、彰子はわがことのように胸を痛めている。

「やはり左大臣さまが裏で指示を出しているのでしょうか」

「おそらく」

と、彰子が短く答えた。

見慣れた枇杷殿の夏の庭が、急に色あせたように感じる。

これが道長なのだ。

もし、『源氏物語』で幾重にも言霊を使い、彰子という国母の涙がない状態で、敦康親王が東宮となっていたとしても、同じようなことが起きていたかもしれないと思うと、紫式部は背筋が冷たくなった。

皇位が絡んでくるだけに、それ以上に苛烈だったかもしれない。

彰子も同じことを考えているはずだったが、中宮を経て皇太后となったいま、それ以上のことを考えていた。

「けれども、主上にも問題があるかもしれませんね」

「主上に、ですか」

「後ろ盾がない方を皇后にと望んだのは、誰かということです」

あ、と紫式部は声をあげる。

娘を入内させられるのが有力貴族に限られるのは、政治権力の問題が極めて大きいからだが、それだけではない。

入内させるときにはひとりで入内するわけではない。身の回りを固める女房たちがいる。その女房たちはそれぞれに強みを持っていてほしい。礼法に明るいのはもとより、儀式に詳しいとか、宮中に顔が広いとか、管弦にすぐれたものがあるとか、よい歌が詠める、字がうまい、機転の利くやりとりを主人に助言できる、物語が書ける、そのようなことが求められる。当然、彼女たちの賄を準備しなければいけない。そのうえ、しかるべき調度品を持参するのも大切なことだった。壊れれば新調しなければいけないし、そうでなくとも季節の折々にはふさわしいものを用意しなければいけない。

このような諸条件をすべて準備する必要があるから、娘を入内させられるのは豊かな有力貴族に限られてくる。

そのうえ、先にふれたように実際の権力として、娘が入内し、天皇の寵を受け、懐妊し、男児を産み、育てていけるように、他の有力貴族の娘の実家からの妨害に対抗できる政治力が長期にわたって求められる。

后を出すというのは、一家総出のたいへんな出来事なのだ。

娘がいるからと、天皇に入内させ、さらに東宮にまで入内させられる道長は、それだけで同時代の権力者たちのなかで抜きん出ているのである。

話を娍子に戻せば、東宮女御として入内したときには父親が健在で、きちんとした後見に恵まれていたはずだ。そうでなければ、六人もの子を産めようがない。

しかし、いまはその後見が欠けている。

実家の後見が得られないのに娍子が皇后となれたのは、実家を超える〝後見〟があったからとみるしかないだろう。

そのようなことができるのは、三条天皇ただひとりである。

彰子はそのことを指摘しているのだった。

実家の後ろ盾が不十分の東宮女御など、天皇の后としてはまっさきに脱落してしまうはずだった。

ところが、三条天皇が皇后にしてくれと望んだのだ。

そのような経緯で娍子が皇后になったのだとしたら、これはむしろ道長の融和の態度と言えるだろう。

しかし、道長が歩み寄ったのはそこまでだった。

ただでさえ男児四人、女児ふたりを生んでいる娍子である。皇后となることで新しい勢力となられては、道長としては困るのだ。

彰子が示した「国母」の権威ですでに学んでいるはずである。

紫式部にも事情がよくのみこめてきた。

「畏れながら、いまの主上は藤原家との付き合い方が……？」

紫式部が声を潜めて問うと、彰子がさみしげに微笑む。

「主上の言うことなら公卿以下みなが聞くものだと思っている節があるようです」

紫式部は眉をひそめた。

その点、一条院はうまかった。

幼少の頃に藤原家に担がれるように即位した一条院だ。藤原家との関係を良好に保つことで、正しい発言も通りやすくなるのだという、いまの政治の理を肌で学んできたのだろう。

ところが、三条天皇は違う。

即位したのがすでに三十六歳。自分なりの経験が積み上がっている。東宮として育てられ、皇統の嫡流たる冷泉天皇系の皇統を必ずや継ぐのだという矜持を持ち、周りもそのように期待して持ち上げていた。

それではダメなのだ。

道長の顔色を窺えという意味ではなく、道長の小心を悟れということなのだが、おそらく待ちに待った皇位についたばかりの三条天皇には、そこまでは理解できないのかもしれない。

こう言ってはいけないのだろうが、好色と乱行で半ば寺に押し込められるように落飾に追いやられた花山天皇の異母弟が、三条天皇である。どこかしら似たようなところがないとは言い切れまい。

人の情としてみれば、六人もの子を産んでくれた妻を大切にしたい気持ちは何も間違っていないのだが……。

彰子と紫式部は、どちらからともなく重いため息をついた。

これでは、一条院が生涯をかけて耐え忍んできた藤原摂関家との融和と協調の均衡が破れてしまう。

破れた結果、天皇側が権力をしっかり握っていればまだよい。いまは、道長のほうが圧倒的に、強いのだ。

「せめて主上があなたの『源氏物語』を読んでいてくだされば」

彰子は嘆いた。

「あ、それは――」

紫式部が自分で言うのはおこがましいが、『源氏物語』にはそのような期待を彰子が抱くだけのものはあると思っていた。光源氏の華々しい恋物語の底流には、道長を向こうに回して戦うために生まれた彰子と自分の智恵が込められている。

ことに、源氏が強大な権力を持ってからの帝たちの距離の取り方は、天皇在位中の一条院を見ながら書いてきた。

一条院の仁政の理想は、『源氏物語』にも流れ込んでいると思うと、紫式部は心強い思いがするのだった。

「それにしても、大納言は心強いですね」

「はい」と答えたあと、行成とは大違いですと言おうとして、紫式部はのみ込んだ。

一条院の側近でありながら、のらりくらりと院と道長のあいだを泳いでいる行成は、先の除目で臣下として最高の正二位にはなれなかった。道長のためにあれこれ尽くしながら、道長のほうでしれっと許さなかったのだ。

行成こそ、いいように使われただけである。

多少、溜飲が下がる出来事だった。


五月、皇太后・彰子は法華八講《ほっけはっこう》を主催した。

亡き一条院のための法要で、本来四日の日程のものだが、彰子はあえて五日行った。

もうすぐ一条院崩御から一年が経つ。喪が明ける。それとともに、人々の記憶から一条院が消え去りはしないか。どの貴族がどのように振る舞うのか。彰子と紫式部はそれをじっくりと観察していた。

五日間の法華八講に出席し、彰子を見舞い、一条院を偲んでくれたのは実資である。常に自らのなかに芯があり、政にも厳しい目を向けながら、追従も政争も欲さない、得がたい人物だった。

「やはり、大納言さまは頼りになりますね」

紫式部はあらためて太鼓判を押した。

彰子の意を受けて和泉式部たちが「実資こそ忠臣なり」との評判をばらまいた。実資のような人物こそが頼もしいのだ、と。

評判は巡り巡って実資本人の耳にも届いた。

「まことに畏れ入ります」と、あの手厳しい実資が苦笑交じりに、彰子に礼を言いに来たのには、紫式部のほうでも微苦笑を禁じえなかった。

同時に紫式部は、実資と会うときには自分だけではなく、ときどきは伊勢大輔も同席させるようにした。

伊勢大輔を育てるためである。

若いうちは才気走っているのが強みになるが、年をとってくると逆に人に軽んじられるもとになる。伊勢大輔には不本意なところもあるかもしれないが、徐々に口数が減って「重み」が出てくるようになってほしい。そして、ゆくゆくは彰子の周りを支える重要な女房として育ってほしかったのである。

その伊勢大輔に、紫式部はあることを頼んでいた。

都中に出回っている「若菜下」の写本を回収してほしいという依頼である。

紫式部が伊勢大輔を局に呼んで内密に話すと、伊勢大輔はわかりやすく複雑な顔になった。

「写本をすべて回収するのですか」

「すべてはさすがに無理だと思う。だからできる限りにはなると思うのだけれど、少なくとも宮中には一冊も残してほしくないの」

伊勢大輔が眉をひそめる。いろいろと考えているようだ。

「あのぉ。教えてください」

「どうぞ」

「どうして、そんなことをするのですか。写本の写し間違いでもあったのですか。でも、写し間違いなどはときどき起こることですし」

実にもっともな疑問だった。

「そういうわけではないの。ただ、いま流布している『若菜下』は未完成だったと気づいてしまったからなのよ」

紫式部が書いている『源氏物語』は長編である。

第三十三帖「藤裏葉《ふじのうらば》」がひとつの区切りだったが、紫式部はその先を「若菜」として書き始めた。まだまだ終わる気配を見せていない。

ここから先は、蛇足と言えば蛇足だし、楽しい物語だけで「めでたしめでたし」と終わらせたいのなら、踏み込まないほうがよいのだろうと思っている。

源氏も老いていくし、物語を彩った女たちも美しくかわいい姿から容貌が衰え、苦しんでいくだろう。

源氏は年をとったと言っても、並ぶ者のない権力者である。

それに自分自身、年をとってみてよくわかったのだが、年をとっても自分の気持ちは若い頃のままなのだ。紫式部も、娘と話をするときには母の顔になるが、彰子や昔からの知り合いに対すると、若い日のままの自分の気持ちが残っている。

源氏も同じである。

だから、年甲斐もなく、初恋の人である藤壺中宮と血のつながりがある女三の宮の降嫁を受け入れた。

それによって、自らがほんとうに愛すべき紫の上を悲しませ、多くの人を悩ませると薄々感づいてはいながら。

愚かしく、もどかしく、あはれだった。

かくして若き日の恋の物語の繰り返しは、年を経た男の悲劇となる。

その悲劇が次の悲劇を生む。

無常の風がすべてを奪い去るまで。

『源氏物語』に吹き始めた無常の風を、紫式部は現世に解き放とうとしていた。

自分と他人が同じ考え方を持つと決めつけるのは妄想だ。

けれども、年をとっても気持ちは若いままというのは、どうも自分だけではないらしい。

左大臣・藤原道長もまたそうであると、紫式部は考えていた。

若い頃の野放図とも言える成長欲を権勢欲に変えて、あらゆるものを従えていこうとする権力者。だが一皮めくれば、なんのことはない。童があれもこれもとおもしろそうなものを集めたがるのと変わらない——。

その痛烈な一言を道長にぶつけてやりたいのだ。

「若菜下」をまとめたときから、これでこの帖は閉じていいのだろうかという思いが去らないでいた。

その思いを決定づけたのは、一条院の崩御だった。

書かなければいけない、と思った。

一条院をこのまま歴代の天皇のひとりとして忘れ去らせてはいけない。

いや、むしろここからが一条院の大御心を、国母としての彰子がいかに伝えていくかというもうひとつの戦いが始まるのだ。

肉体としての一条院は崩御した。

それによって、一条院は地上の天皇でも院でもなくなった。

だからこそ、風のように自在になられたとも言えよう。

現世にあっては、一条院はさまざまな妥協が必要だった。道長や伊周やそのほかの公卿たちの思惑があり、彼らが養っている人々の思惑があったからだ。

天皇は最高の神官であると同時に、為政者として臣下を養わなければいけない。

だが、現世を去ったことで、一条院はそれらの軛《くびき》から解き放たれ、院が目指した理想そのものの存在になった。

一条院は神仏ではない。けれども、その追い求めた仁政の理想は普遍のはずだ。

道長たちの、欲得尽くで、自分たちがうまい汁を吸うだけの政ではない。

その思いが、紫式部に「若菜下」のあるべき姿を垣間見させ——いま出している写本を可能な限り回収して新しく世に問い直そうという気持ちにさせたのだ。

前代未聞である。

けれども、紫式部の思いを聞いた伊勢大輔は引き受けてくれた。

「できる限り、やらせていただきます。ただし、一カ所だけ紫式部さまにお願いしてよろしいでしょうか」

「どこですか」

「左大臣さまの手元の一冊。これは私には荷が勝ちすぎます」

紫式部は苦笑して、伊勢大輔の要望を聞き入れた。

その道長だが、紫式部が「少し加筆したいので」と告げると、すんなりと手持ちの「若菜下」を戻してくれたのだった。

一条院の周忌法会が終わり、しつらいが元に戻される頃、紫式部は『源氏物語』の続きを出した。

「若菜下」の終わりにさらに加筆して、出し直した帖である。

その加筆部分に、読み手たちは驚愕した。

「絶え入りたまひぬ」

――「紫の上さまは、息を引き取られました」

「日ごろは、いささか隙見えたまへるを、にはかになむ、かくおはします」

――「ここ数日は、少しよくなられたように見えたのですが、にわかにこのように亡くなられてしまったのです」

ほんのささやかな病で倒れたはずの紫の上が、突如、息を引き取ったというのだ。

これを読んだ者たちはみな、一条院のことを思い出した。

まだ若いのだからすぐに快復するだろうと信じていたのに、急激に容態が悪化し、一条院は息を引き取ってしまった。

しかも、物語ではその後、不動明王の修法が行われ、物の怪が離れることで、紫の上は蘇生する。

これはまさに一条院の蘇生を思い出させるものだった。

女の読み手たちは「そういえばそんなこともあったかもしれない」と思うくらいだろう。

しかし、物語は男たちも読む。

道長が読む。

一条院が甦ったとき、まさにそのときその場所に居合わせた道長は、ありありと思い出すだろう。

一条院の姿。まなざし。仕草。

同時に、自らが抱いたであろう思いを。

そこに後ろめたいものはなかったか。

一条院の崩御を悲しみつつも、心の奥底でそれを望む気持ちがひとかけらもなかったとはいわせない。

生きているあいだの一条院の政にどのように嘴《くちばし》を容れてきたか。

鏡に照らすように己が姿を見るがいい。

一条院が、ただの臣下に過ぎない道長をどれほど許してくれていたかを振り返ってほしい。

道長だけではない。

多くの貴族たちにも、一条院のことを忘れさせてなるものか。

死んだというだけで忘れられたら――一条院がかわいそうすぎるではないか。

物語のもっとも可憐な女主人公である紫の上が病み衰えていく姿を書くのは、つらい。悲しい。何度も泣いた。

けれども、一条院の思いを伝えられるのは、あなたしかいないの。

紫の上にそう語りかけて、紫式部は筆を走らせたのだ。

言葉で語るのはどうしても苦手な気持ちがある紫式部だが、筆を持ったときには饒舌だ。紫式部は思いの丈を、血の涙の流れるような強い気持ちを、道長に、行成に突きつけたのだ。


——どうですか。覚えていますか。

一条天皇の病を占ったこと。

その内容を一条天皇に聞こえるように話し合っていたこと。

一条天皇の最後の願いの敦康親王立太子を断念させたこと。

あなたたちが何をしたか、私は絶対に忘れない……っ。

紫の上を絶命に追い込んだ物の怪は、いまは亡き六条御息所《ろくじょうのみやすどころ》の死霊だった。

女の怖さをここで味わわせようという狙いがあったのは事実だ。

ゆめ御宮仕へのほどに、人ときしろひ嫉む心つかひたまふな。

——ゆめゆめ御宮仕えのあいだに、他人と争ったり嫉妬したりする心を持ってはなりません。

六条御息所の死霊の口を借りて語らせたこの言葉は、三条天皇への助言であり、諫《かん》言《げん》だった。

蘇生した紫の上はあらためて出家を願う。しかし、源氏はそれを許さず、形ばかり髪を切って五戒を授かるにとどまる。

源氏を通して、男のわがままを突きつけている。

しかし、紫の上はすでに一条院になぞらえて書かれてしまった以上、読み手の心には「やはり紫の上は——」という思いが拭い去れないで残っているだろう。

気づいていないのは、いや、目を背けているのは、源氏ただひとり——。

「世の中に亡くなりなむも、わが身にはさらに口惜しきこと残るまじけれど、かく思し惑ふめるに、空しく見なされたてまつらむが、いと思ひ隈なかるべければ」

——「この世から亡くなっても、私には少しも残念な思いは残らないが、源氏がこれほど心痛なのに、命果てる姿を見せるのは、あまりに思いやりのないことだから」と紫の上は自らを励ましていた。


送る者のほうが悲しいのか。

送られる者のほうが悲しいのか。

紫式部は、ここで紫の上に託して死に臨した一条院の心を想像し、代弁した。

紫の上の物語に一区切りをつけ、紫式部は女三の宮を描く。

柏木に嵐のようにさらわれた女三の宮は、懐妊してしまった。

紫の上の絶命と蘇生にかかりきりとなっていた源氏が、ろくに顔も見せずに悪いことをしたと女三の宮を見舞うと、そこで女三の宮の密通の証拠を発見してしまう。

源氏は煩悶する。

紫式部は歯を食いしばりながら、自らが生み育てた源氏を、情け容赦なくこの世の愛憎の地獄へたたき落とそうとしていた。


「故院の上も、かく御心には知ろし召してや、知らず顔を作らせたまひけむ。

思へば、その世のことこそは、いと恐ろしく、あるまじき過ちなりけれ」と、近き例を思すにぞ、恋の山路は、えもどくまじき御心まじりける。

――「かつての父帝も、自分と藤壺中宮との密通をこのように心では知っていらして、あえて知らない顔をされたのだろうか。それを思えば、そのときのことは、とても恐ろしく、あってはならない過ちだった」と、自分の例を思えば、恋の問題で、人を非難する資格はないと思うのだった。

若き日の、いや人生の過ちは――それが現世か来世かの違いがあるだけで――必ず、自らに戻ってくる。准太上天皇という身分でも、逃れられない。

人間は自分をほんとうに大切にするなら、正しく生きなければいけなかったのだ。

加筆され、完成した「若菜下」を読んだとき、皇太后・彰子は涙をこぼした。

しばらく何度も熱いため息をもらし、ついにこう言ったのだ。

「大納言実資どのこそ忠臣と思っていたけれど、紫式部という誰よりも激誠の忠臣がいたのですね」

その一言で、紫式部はくずおれた。涙が次から次へとあふれてくる。報われた、と思った。寸暇を惜しんでの執筆の苦労、指や肩や背中の痛みも、何もかもが吹っ飛んでしまったのである。

けれども、それ以上に申し訳ない気持ちが噴き出して止まない。

「ほんとうに、私は、こんなことしかできなくて……」

涙ながらに謝罪する紫式部の手に、彰子は自らの手を重ねた。

「どうか、いつまでも私を支えてくださいね」

「はい――」

それしか言えなかった。

「そんなあなただから言うけど、敦康親王のこと、まだ少しだけ父を許せないでいます」

「皇太后さま……」

「ふふ。こんな愚痴を言ったら、紫式部にあきれられてしまうかしら？」

「そんなこと――そんなことは決してありません。私も同じ気持ちですから。だから、皇太后さま。せめて私のまえでは、つらいときにはつらいとおっしゃってください。悲しいときには悲しいと、悔しいときには悔しいと泣いてください」

紫式部は涙と鼻水とよだれでべとべとになりながら訴えた。

情けない訴え方だと思う。

でも、これしか言葉が出てこないのだ。

彰子は目を潤ませて「ありがとう、ありがとう」と何度も繰り返してくれた。

紫式部が泣き止むのを待って、彰子は先ほどとは反対ともとれる疑問を口にしたのである。

「あなたもやはり、出家したいと思っていますか」

涙を拭った紫式部は、さっぱりと答えた。

「私は出家しません」

「なぜ？　女房たちでも、それなりの年齢に達したら宮中から下がって出家する者は珍しくない。ましてや、仏典をいまでも読み込んでいるあなたなら、仏道三昧の日々に憧れるのではないの？　ずっと私の側にいてほしいけど、あなたの菩提心を妨げるようなことはしたくないのですよ？」

なんというあたたかい主人なのだろう。また涙が流れそうになる。

「出家したくないと言えば、たしかに嘘になるかもしれません。現世のありさまを見るにつけて、何もかも嫌になってしまうこともありますから。けれども、私は自分の出家よりも、菩薩道を歩まれている皇太后さまをお支えしたいのです」

「紫式部……」

「私よりも、皇太后さまこそ出家なさりたいのではありませんか」

彰子は首を横に振った。

「まだです。少なくとも、敦成が天皇となり一条院の仁政を引き継いでくれるのを見るまでは」

「私も、まだ『源氏物語』が終わっていませんから」

彰子と紫式部は互いを見つめ合って笑い声をあげた。

『源氏物語』を続ける以上、紫式部は出家は無理だろうと思うようになっていた。物語書きはそもそも嘘を書き連ねるのが仕事。作中で紫の上が授かった五戒のひとつ、不妄語戒を破り続けているからだ。

その代わり、この世で政を身近で見、彰子を見、他の女房たちを見て得た智慧を、自らの『日記』に嘘偽りなく残していくつもりだった。

出家への憧れは『源氏物語』に封じて……。

彰子は、『源氏物語』に託した一条院への忠節をきちんと読み取ってくれたが、もうひとり、正しく読み取ったと思われる人物がいた。

道長だった。

その頃、道長は重い病にかかっていた。

嫡男の頼通が涕泣するほどの重い病である。

彰子も見舞いに行った。

ところが、ここで妙なことがあった。

なぜか、道長が彰子の見舞いのまえに、同行していた紫式部と話をしたがったのである。

どうして自分なのかと思いながらも、断るわけにもいかない。

土御門第で久しぶりに会った道長は、ずいぶん痩せたように見えた。

「お痩せになりましたか」と紫式部が尋ねると、道長はあっさりと認めた。

「ああ。痩せたな。飲水病が進んでいるようだ」

あまりにあけすけに答えるので、紫式部のほうが周囲によからぬ者がいないかを確認したほどである。

事実上の最高権力者である道長の健康状態の悪化は、容易に次の政争の種となる。

しかし、道長はそれよりも重大事があるとばかりに、紫式部を見つめた。

「あのぉ。なんでしょうか」

紫式部は衵扇でしっかりと目の下まで顔を隠している。

遣り水の音がうるさい。

だいぶ居心地が悪くなったところで、やっと道長が口を開いた。

「おぬしは恐ろしい女だな」

「は……？」

道長は答えず、繰り返す。

「おぬしは恐ろしい女だな」

「えっと……もしかして『源氏物語』のご感想でしょうか」

「もしかしなくても、そうだ」

「左様でございましたか」

紫式部はちょっと安心した。少し遅れて、道長の言っている意味に思い至る。

道長は、自分が突きつけた血涙の言葉を読み取ったのだ——。

道長は庭を見た。

「もうすぐ夏も終わるな」

「はい。秋になります」

「秋になれば葉は色づき、散っていく。そうだな」

「はい」

道長が紫式部に視線を戻す。

「物語のなかで作者は何事もなしえるのだろうが、おぬしは閻魔大王か、それともただの鬼なのか」

紫式部は黙した。

彰子のためならば、閻魔にでも鬼にでもなるつもりだ。

だから、道長の言葉を否定する必要はなかった。

「救いは、ないのか」と、道長が問うた。

若い日と言わず、人生に過ちはつきものだ。自分は左大臣かもしれないが、聖人君子ではないのだ。その報いが来るのはわかった。しかし、救いはないのか――。

道長はそう言っているのだった。

「源氏が若い頃のことをきちんと反省していれば……」

「一応、反省していたのではないか？　藤壺中宮との密通のあと苦しんでいたではないか」

「罪の意識に怯え苦しむことと、反省は違います。仏典を読むに、反省とは釈迦大如来の教えるとおり、仏法に照らして心と行いを正していくこと。源氏であれば、藤壺中宮に似た人を追い求めてしまう心を正さなければいけなかったのではないかと思います」

道長は渋い顔をした。

「おぬし、いつから出家になった」

「私は出家できませんよ。物語書きは嘘ばかり書くのですから」

すると道長が笑った。

「はっはっは。その嘘がこれほどまでに人の心をえぐるものなのか」

「読み手の捉え方ひとつです」

「手厳しいものよ。源氏がかわいそうすぎると思わなかったのか」

言われなくてもわかっている、と言い返してやりたかった。

想像しうるもっともきらびやかな人物として、紫式部は光源氏を生み出したのだ。いったい誰のために、彼がこんなにも辛酸を嘗めることになったと思っているのだろう。

けれども、言葉では別のことを言っていた。

「ほんとうに救いがないと思われますか」

「うむ？」

「因果応報も諸行無常も、御仏の救いだと私は思っています」

道長が驚きの表情を浮かべた。紫式部自身も内心で驚いた。まるで何者かが自分に言わせたように思う。

紫式部の言葉を嚙みしめるように、道長は黙っていた。

道長のための調伏祈願《ちょうぶくきがん》の声が響いている。

唐突に道長が再び口を開いた。

「見舞いの者たちはたくさん来てくれる。けれども、そのなかでほんとうに頼れるのは大納言実資どのだけだと思う。実資どのにだけは、皇太后さまのことが何よりも気がかりだと打ち明けたよ」

嘘を言っている気配はない。

紫式部が何かを言おうとするよりも先に、道長は簀子に控えている頼通に「皇太后さまとお会いしたい」と伝えていた。

彰子が入ってくると、几帳を隔てた道長は威儀を正し、両手をついて身体を深く折り曲げた。それだけなら皇太后を迎える臣下の礼をとっただけに見える。

道長はそのまま動かなかった。

具合が悪くなったのかと訝《いぶか》しむほどに、動かない。

やがて、伏したままの道長の背中が、最初は緩く、徐々に大きく上下し始めた。

息が乱れているようだ。

倒れてしまうのではないかと不安になった頃、ついに道長は低い声で告白したのだった。

「かつて私は、皇太后さまが東宮さまをお産みになった年の大晦日に、人をして中宮御座所に侵入するようけしかけたことがございました。ここに懺悔《さんげ》いたします」

彰子も頼通も紫式部も、道長の突然の言葉に目を見張っている。

「左大臣、いまの言葉は――」

「まことのことでございます。目的は皇太后さまを恐れさせ、私めを頼りにし続けるようにすることでした。万死に値する愚行でありました。どうか、平にお許しください」

死期を悟ったのかと、紫式部は思わず勘ぐった。だが、これはやはり道長なりの一定の懺悔なのだろうと結論づけた。

よほどに加筆された「若菜下」が効いたらしい。

彰子の衣裳がゆるく上下していた。

頼通はただじっと下を見ている。

しばらくして、彰子が言った。

「顔をあげなさい。左大臣。このことにつき、私はあなたを許しましょう」

彰子はすばらしい権威をもって、道長に許しを与えたのである。

その言葉、まさに国母の迫力だった。

道長は身を起こして彰子を拝すると、滂沱《ぼうだ》した。

頼通も彰子をじっと見つめている。

甘いかもしれない。好悪の情は別にあるかもしれない。

しかし、国母としての皇太后・彰子は、左大臣を許した。

幸い、あのときの騒動で怪我人はでなかった。もし女房のひとりでも傷を負ったり命を落としたりしていたら、彰子の裁定は峻烈《しゅんれつ》を極めたかもしれないと紫式部は思った。

ほんとうなら、他にも道長には謝るべきことが連山のようにあるはずだ。けれども、隠していた悪事を自ら告白したのだから、大いなる一歩と見るべきかもしれない。

少なくとも、道長と彰子の関係はある種の和解の空気が流れていた。

彰子は土御門第にしばらくとどまった。

そのあいだ、久しぶりに父と娘は穏やかに言葉を交わしたのである。

もっとも気がかりである彰子とゆっくり話せたこと。また、その彰子に許してもらえたと道長が感じたこと。これらがよかったのか、道長は快復していった。

これも皇太后さまの尊さのたまものだ、と土御門第の召人たちは噂している。

道長がここで死んでしまわなくてよかった、と紫式部は胸をなで下ろした。いま道長が倒れたら、残された者たちはどうなっただろう。彰子や頼通だけではない。東宮たち一条院の子らも、これまでの道長の強引な手腕に対しての報復を受けるだろう。

ことに三条天皇は、寵愛する皇后・娀子に道長が何をしたかを逐一覚えている。道長の命が消えれば、三条天皇は容赦なく復讐を始めるに違いなかった。

それほどまでに、三条天皇と道長の対立は深まってきていたのだった。

三条天皇にわがままのきらいがあるのはすでに述べた。

しかし、残念なことに道長の娘・妍子も「中宮」としては軽はずみなところがあるように見受けられる出来事が起こるのである。

それは妍子が懐妊してから起こった。

懐妊した妍子が東三条院に移った途端に、火事になったのである。

妍子とお腹の子は無事だったが、火事と聞いて彰子と紫式部は血の気が引いた。

すべてがすべてではないが、火事のなかには不平不満の意見の表明としてなされるものがある。世の中、誰が上に立っても不満は出る。一条院もまた、数多くの火に追われた。

だから、そのあとの対処が問題なのだ。

妍子はそのような火事の意味を解さないのか、見舞いの公卿たちが来るたびにいそいそと宴を張り続けたのである。

そんな妍子の様子を例によって実資から伝え聞くと、

「中宮は、左大臣の悪いところを受け継いでしまったかもしれません」

と彰子は嘆いたものである。

彰子は長女だった。期待もされたが厳しくも育てられたし、裳着が済んですぐにわけもわからぬまま入内になった。年上の女房に囲まれて、首を引っ込め、自分の立ち居振る舞いを学んできた。この点、幼くして即位した一条院と同じ境遇だった。

妍子は次女である。しかも、十七歳まで道長の娘として、蝶よ花よと育てられた。おおらかと言えば聞こえがいいが、派手好きで世間知らずの権力者の娘なのだ。

「皇太后さまなら、あのように宴は張りませんね」

紫式部が苦笑する。

彰子にとっては、宴は必要悪のようなもので、しなければならないときに、なるべく他の者の負担にならない形でするものだった。

余談だが、彰子のそのような態度は、宴の騒ぎが苦手な紫式部自身にはとても有り難いものだったが、全身が恋でできているような和泉式部には「出会いの機会が減ってしまう」と若干不満を抱いていたようである。

一条院崩御の喪が明けると、彰子の枇杷殿には自然自然に大勢の人々が訪ねてくるようになった。これも彰子の人徳のなせるわざだろう。

数多い訪問客のなかで、ことさらに彰子を喜ばせたのは東宮となった敦成親王だった。服喪の期間は会えずじまいだったから、ほぼ一年ぶりの再会だった。

そんな喜びがまた、人を呼ぶ。

しかも、道長と一定の蜜月関係にもあるのだ。

彰子の人柄だけではなく、彰子の女房たちの評判も高まっていた。

皇太后の女房たちは頼もしいという評判が、貴族たちのあいだで定着していた。実資が、彰子へ伝言するときには必ず紫式部を呼ぶのも有名なことだった。

彰子は仕事ができる女たちに護られた国母として、確固たる地位を築いていたのだった。

その一方で、三条天皇の周りはさみしい。

娍子立后のときに、使者に石を投げる家まであったというのは、道長への忖度だけではなく、貴族たちの本心でもあったのだ。

明言するか無言かを問わず、三条天皇は「自分こそ天皇なのだ」「自分の言うことをみなが聞くのは当然なのだ」という雰囲気があふれていた。

上がそのようであることを、下の者は三日もあれば見抜く。

三条天皇だけがわかっていない。

わからないからこそ、ますます「自分は天皇である」「なぜ言ったとおりにしないのだ」という思いを強くし、意を通そうとする。

そのうえ、妍子が産んだ子は女児だった。

彰子と紫式部ら女房たちは、その意味するところを刹那に理解した。

道長は、三条天皇を見限る。

これから有形無形の圧力を強め、真綿で首を絞めるようにして、譲位へと追い込んでいく。

敦成親王の次の東宮として、三条天皇の子・敦明親王ではなく、敦成親王の弟である敦良親王を望むに違いない……。

そして、治世が一年経っても二年経っても、三条天皇は変わらなかった。


長和三年、正月の挨拶に実資が来た。

「いまの主上は、極めて危険です」

紫式部を通してではない。枇杷殿の彰子へ直に言ったのである。

つまり、それほどの状態だった。

実資の話をすっかり聞いて、彰子が脇息にもたれる。

「一条院なら、それがどれほど愚かなことかわかっていたでしょうに」

「はい。みな、一条院の崩御をいまさらながらに惜しみ、偲んでいます」

彰子と実資のやりとりを横で聞きながら、紫式部は「もし、主上がもっと若かったら」と考えてみた。三十六歳という三条天皇の即位は遅かったのか。もっと若いときに、例えば十代で即位していたら――藤原摂関家の傀儡《かいらい》めいたところはあったかもしれないが――我を通すよりも未熟を知って学んだだろうか。「東宮と天皇は違うのだ」という、ごくかんたんなことを。

けれども、それは「一条天皇がもっと早く譲位していれば」ということと裏表だ。

三条天皇が十代の頃に即位したとすれば、一条天皇も十代で譲位したことになる。

その頃だと、自分は当時、越前守《えちぜんのかみ》だった父について下向していたか、都にひとりで戻ってきたときくらいだろう。彰子は一条天皇が二十歳のときに入内しているから、「一条天皇を支える彰子」も存在しなかったことになる……。

そのように考えると、三条天皇が常に下策ばかりをとり続けるのも、もはやどうしようもないようにも思われるのだった。

しかし、二月になると、そのような悠長なことを考えていられない事態が起きる。

内裏が焼亡したのだ。

火は政治への不満によって起こることを知っている彰子は、

「一条天皇の譲位からまだ二年半ほどだというのに、ここまで来るとは」

とうめくように言った。

それもこれも、三条天皇に責があるのだが、気づかない。

道長は、火は三条天皇の不徳の致すところだと公然と言い放つようになった。

彰子は自ら枇杷殿を出て、里内裏として提供した。

自身は弟の頼通と、先年に結婚した敦康親王のいる高倉第《たかくらてい》へ移った。すぐに東宮・敦成親王も来たから、彰子は久しぶりに敦康親王、敦成親王、敦良親王の三兄弟をその手に抱きしめることができた。

屈託なく笑い合っている彰子と親王たちを見ながら、伊勢大輔が小さく洟をすすった。

「皇太后さま。お幸せそうですね」

「ええ」とうなずきながら、紫式部も目を細めた。

「そういえば、紫式部さまの娘はいつ頃、皇太后さまに出仕なさるのですか」

「はい？」思わず変な声が出た。「どこでそんな話が……」

「風の噂です。女房たちのつながりを甘く見てはいけません」

「あのぉ。私もその女房の一員なのですけど」

それもどちらかといえば、割と重要な位置にいると思われているはずなのだが。

伊勢大輔がにこにこと続けた。

「それで、あとどのくらいしたら出仕できる年になるのですか」

「ど、どうしてそんなに」

「だって、私が紫式部さまから学んだことを、その子にきちんと伝えたいのです。それができて初めて、紫式部さまへの恩返しだと思っているのです。それまでは私も出仕をやめられません」

かわいい後輩は頼もしく育ってきていた。

親王三人の兄弟はみなよく似ていた。一条院の面影を受け継いだのだろう。生母が違う敦康親王だけは、雰囲気がやや彰子と違っていたが、長らく彰子に育てられてきた。そのせいか、結局、彰子と三兄弟はみな同じような笑顔をしていた。

敦康親王が最近作った歌を詠み、彰子を喜ばせていた。

「なかなかよい歌ですね。きっと歌人としても名を知られることになるでしょう」と和泉式部が批評する。

東宮になれなかった敦康親王だが、具平《ともひら》親王次女の祇子《ぎし》を妻とし、男としての自信が出てきたように思う。彰子の愛情をたっぷり受けて育ったおかげで、少しも陰がない。それどころか、頼通と年の離れた兄弟のように、互いに楽しくやっているとか。

東宮となった敦成親王だが、それをひけらかすようなそぶりや、敦康親王を下に見るような様子はまったくなかった。むしろ兄の敦康親王のことが大好きでしかたがないという感じだ。敦康親王が頼通とばかり話していると、大好きな兄をとられるとでも思うのか、ときどき口をとがらせるのがかわいらしい。

敦良親王はまだまだ幼いが、ふたりの兄を一生懸命追いかけては話しかけ、兄たちを見習おうとしている気配が伝わってきて微笑ましかった。妍子の産んだ子が女である禎子《ていし》内親王だったことで、道長のなかでの期待が急激に高まっているかもしれないが、どうかそのような外の期待を気にすることなく、伸びやかに育ってほしい。

「ああ。こうして皇太后さまが楽しげにされるのは、いつぶりのことだろう」

紫式部は袖で目元を押さえた。

護ろうとしてきたものが、目の前にある。

その幸せな光景に、紫式部は強く強く思うのだ。

この方たちの笑顔のためなら、喜んで死ねる、と。

だからお願い。ずっと幸せでいて。

私が全身全霊で護ってあげるから――。

内裏を焼亡させた三条天皇に、さらなる禍が襲った。

急な眼病にかかったのである。

片方の目が見えず、片方の耳も聞こえなくなった。

三条天皇の眼病を道長から聞いた彰子は、紫式部に意見を求めた。意見といっても、政治的判断ではない。純粋に「なぜこのようなことが起こったのか」を尋ねたのである。

紫式部が厳しい教養人の実資とだけではなく、当代最高の陰陽師・賀茂光栄とも頻繁にやりとりしているのを、彰子も十分知っていたからだった。

しばらく考えて、紫式部は答えた。

「これは主上の願いがかなっただけのように思います」

三条天皇は「自分こそ天皇である」「自分の思うとおりにみな動くべきである」という雰囲気がにじみ出ている。

つまり、自分の意に反するものは「見たくない」「聞きたくない」と強く念じているのだ。

その願望が、三条天皇の身体にそのまま現れたのではないかと、紫式部は考えたのである。

丹薬を服したからとも言われているが、紫式部はもっと深いところから指摘していたのだった。

「おいたわしいことです」

彰子は悲しんだ。

これが彰子という国母なのだ。

三条天皇はさまざまな問題を抱えている。それは天皇としてというより、もっと根深く、人としての大本にまで関わる問題かもしれない。それだけに、今日明日でその問題を解決し、眼病が癒え、英明の帝となるのは難しい。

このままであれば、三条天皇は道長の圧力に押しつぶされ、譲位するだろう。

そうなれば、敦成親王――彰子の実子が皇位を継承する。

普通なら、そのことを喜び、また望むものだろう。

そのうえ、三条天皇と妍子のあいだに、道長の血を引く男児が生まれていない以上、道長はその次の東宮として敦良親王を立てる予測が容易に立つ。

期せずして、皇統の統一がなされようとしていた。

しかし、彰子はそれよりも、三条天皇の身を純粋に案ずるのだ。

このような方だからこそ、仕え甲斐があるのだと紫式部は思っている。

道長は、自らの権勢欲の延長あるいは結果として、皇統統一を考えているだろう。

それでは皇統が穢れる。

彰子が国母として上位に立つべきなのである。

「主上の眼病はこのままではどうにもならないでしょう。目の光を失い、耳も聞こえないとなれば、ますます心が闇に閉ざされるでしょう――」

彰子は小さく首を横に振った。

「どうにもならないのでしょうね」

「自らが播いた種は、刈り取らねばなりません」

これ以上は、彰子にもどうしようもなかった。

もはや三条天皇が譲位を決断するのは、数えられる日数のうちに起こるだろうと思っていた。

そうなれば敦成親王が天皇になる。

次の大きな問題はふたつ。次の東宮と、天皇となった敦成親王の后選びだ。

次の東宮は、道長が己の孫、敦良親王に持っていこうとするはずだ。たぶん成功するだろう。

あとは后選びである。

彰子の子である。それにふさわしい后に来てほしい。

同時に、新たな火種になりそうな人物は入内させてはならない。たとえ、いかに親の後ろ盾がしっかりしていても。例に出して恐縮だが、妍子のような人柄の人物には入内してほしくなかった。

仮に人柄で見劣る人物が候補になったら、そうは言っても、有力貴族の娘であることは間違いない。うまく取り込みたい。可能なら彰子や敦成親王の女房にして、入内をあきらめさせつつ、味方にできないものだろうか。

そんなことも紫式部は気にしていたが、そんな自らに気づいて、ときどき苦笑してしまう。

物語だけ書いていればいいと思っていた自分が、天皇の后選びについて頭を悩ませる日が来るとは。

人生というものは、思うよりもおもしろいものだった。

「……ところで紫式部。今日はいつもと顔つきが違うのね」

「そうかもしれません」

自覚はあった。

彰子に呼び出されるまで、文机に向かっていたからだ。

心は遥か物語の世界を飛翔し、源氏たちを俯瞰《ふかん》しながら、しかるべき言葉を紡いでいっていたさなかに、現世に呼び戻されていた。

そのせいで、自分でも「この世を見ていながら、この世ではないものを見ている」

ような感覚を把持している。

出家の経験のない紫式部だが、僧侶たちが行う禅定《ぜんじょう》での体験に似ているかもしれないと思っていた。

今日は特に深く入り込んでいる。

入り込むべきところにさしかかっているからだった。

三条天皇の治世は、内裏のなかでは「天皇と道長」「天皇と貴族たち」の対立が日々先鋭化していった年月だったろうが、彰子は一歩引いた立場にいる。その彰子に仕えている紫式部にとっては、執筆が思いのほか捗《はかど》る日々でもあった。

「いまはどのあたりを書いているの？」

という彰子の問いに、紫式部は答えた。

「紫の上の……『御法《みのり》』という帖を書いています」

「あなたが、まるで別人のように見えるほどになっているのは、初めて見ました」

「畏れ入ります」

彰子は長い年月を噛みしめるように目を閉じ、しばらくそのままでいた。

そしてゆっくりと目を開くと、言った。

「鴨川の流れは無常なもの。けれども、流れゆくなかにあって、流れゆかない何かがある。――あなたの『源氏物語』はそこへ行こうとしているのね」

しかし、紫式部は頭を振った。

「まだです。無明《むみょう》をさまよう私には、まだそこまでは――」

紫式部は、道長や三条天皇たちへの言霊とは別に、国母としての彰子が示した女の強さをも、物語に描きこんでいこうとしていた。

物語の女たちは、源氏と現世のほだしをはらりと捨てて出家していく。

それは、彰子の菩薩道と同じ――彼女たちなりの菩薩道に目覚め、浮世の源氏には手の届かない存在になっていくのだ。

ちょうど、道長が自分のために利用しようとしても、最後には国母の栄えある権威のまえに屈するしかないのと同様に。

最後に残される紫の上は、もしかしたら自分かもしれない、と紫式部は思っていた。

出家もできず、現世の闇のなかで死ぬかもしれない。

けれども、国母の彰子がこのように美しく世を照らしてくれるなら。

私は、喜んで現世のなかで死んでいこう――。

絶えぬべき　御法ながらぞ　頼まるる

世々にと結ぶ　中の契りを

——私にはこれが最後となる法会ながら、頼もしく思われます。法会の結縁で幾転生にと結んだあなたとの縁を。


三条天皇の病状は悪化の一途を辿った。

三条天皇は恐れおののき、薬ではたらずに、神仏にすがろうとした。

祈願のための勅使を立てようとしたが、貴族たちが理由をつけてことごとく拒否する。

道長の怒りを恐れてのことではない。貴族たち自身の意志で、三条天皇の祈願の勅使を先延ばしにしていたのである。

貴族たちは七度も断ったという。

それほどまでに人心が離れていたのである。

天皇と貴族たちとの対立は続き、そのあいだも道長は三条天皇に圧力を加え続けた。

なんとか実現した祈禱も甲斐なく、三条天皇の目の状態は一向によくならない。

長和四年十一月五日、三条天皇はついに「明春、譲位する」と道長に告げたのである。

道長は静かに三条天皇の意向を受け止めるのみだった。

三条天皇の譲位の言葉への返事は「火」だった。

九月に再建されたばかりの内裏が、十一月十七日に火で焼かれたのである。

新造された内裏へ娍子が参入し、反対に道長の娘である妍子は内裏への参入を停止された直後の出来事だった。

この作品は双葉文庫のために書き下ろされました。

双葉文庫

え-08-08

源氏物語《げんじものがたり》あやとき草子《そうし》（二）

国母《こくも》の女房《にようぼう》

2024年2月14日　第1刷発行

【著者】

遠藤遼《えんどうりよう》

【発行者】

箕浦克史

【発行所】

株式会社双葉社

〒162-8540 東京都新宿区東五軒町3番28号

［電話］03-5261-4818（営業部）　03-5261-4868（編集部）

www.futabasha.co.jp（双葉社の書籍・コミックが買えます）

【印刷所】

中央精版印刷株式会社

【製本所】

中央精版印刷株式会社

【フォーマット・デザイン】

日下潤一

ISBN978-4-575-52731-5 C0193
Printed in Japan

京都の寺町三条商店街に、ポツリとたたずむ骨董品店『蔵』。女子高生の真城葵は、ひょんなことから、そこの店主の息子の家頭清貴と知り合い、アルバイトを始めることになる。清貴は物腰や柔らかいが恐ろしく感が鋭く、『寺町のホームズ』と呼ばれていた。葵は清貴とともに、様々な客から持ち込まれる奇妙な依頼を受けるが――。

発行・株式会社　双葉社